शेयर मार्केट शब्दकोश

शेयर मार्केट शब्दकोश

ए. सुल्तान

प्र

प्रभात प्रकाशन

प्रकाशक • **प्रभात प्रकाशन प्रा. लि.**
4/19 आसफ अली रोड,
नई दिल्ली–110002

संस्करण • 2024
अनुवाद • नितिन माथुर
मूल्य • चार सौ रुपए
मुद्रक • नरुला प्रिंटर्स, दिल्ली

SHARE MARKET SHABDAKOSH
by Shri A. Sulthan ₹ 400.00
(Hindi translation of 'SHARE MARKET DICTIONARY')
Published by Prabhat Prakashan Pvt. Ltd, 4/19 Asaf Ali Road, New Delhi-2
e-mail: prabhatbooks@gmail.com ISBN 978-93-5322-101-0

प्रत्याख्यान

इस पुस्तक की प्रकृति मात्र साधारण टिप्पणी जैसी है। सलाह देना न तो इसका अभिप्राय है और न ही प्रयोजन। इसे ऐसा नहीं बनाया गया है कि यह लाइसेंसधारी वित्तीय सलाहकार या शेयर दलाल की सलाह का स्थान ले सके। इसे किसी व्यक्ति विशेष के निवेश उद्देश्यों, वित्तीय स्थिति और विशेष आवश्यकताओं को ध्यान में रखते हुए तैयार नहीं किया गया है। पाठकों को इस पुस्तक में लिखी किसी बात को आधार बनाकर कोई कदम नहीं उठाना चाहिए और यदि उचित हो तो अपनी व्यक्तिगत परिस्थितियों के अनुसार पेशेवर सलाह लें। कारोबार करने और कारोबार की पद्धति से संबंधित निर्णय केवल पाठक का होगा। शेयर बाजार में सीधे निवेश करने का परिणाम वित्तीय हानि हो सकता है। पूर्व के परिणाम भावी रिटर्न की गारंटी नहीं होते।

प्रस्तावना

शेयर बाजार शब्दकोश नौसिखिए कारोबारियों को स्टॉक एक्सचेंज में उपयोग होनेवाली नई शब्दावली और शब्द-भंडार से परिचित होने में सहायक सिद्ध होगा। यह ऐसा महत्त्वपूर्ण संदर्भ साधन बन सकता है, जिसे सम्मेलनों के दौरान, वित्त संबंधी कार्यक्रमों को देखते या सुनते और वित्त बाजार संबंधी सामग्री को पढ़ते समय उपयोग किया जा सकता है। इस पुस्तक में वित्त और शेयर बाजार संबंधी 587 शब्द और 123 अकसर उपयोग होनेवाले संकेताक्षर और प्रथमाक्षर शामिल हैं।

मैं भविष्य में पुस्तक के आगामी सुधार हेतु पाठकों के सुझाव की प्रतीक्षा करूँगा।

—ए. सुल्तान
contact@iamsulthan.in

अनुक्रम

प्रत्याख्यान *5*
प्रस्तावना *7*

A

ABANDON (परित्यक्त) 35
ABOVE PAR (अबोव पार) 35
ACCOUNTS PAYABLE (देय खाते) 35
ACCOUNTS RECEIVABLE (प्राप्य खाते) 35
ACCRETED INTEREST (अभिवृद्धि ब्याज) 36
ACCRUAL BOND (उपचय बॉण्ड) 36
ACCRUED INTEREST (उपचित ब्याज) 36
ACCUMULATION BOND (संचयन बॉण्ड) 36
ACQUISITION (अधिग्रहण) 36
ACTIVE MANAGEMENT (सक्रिय प्रबंधन) 36
ADDRESS (पता) 37
ADVANCED OPTION (उन्नत विकल्प) 37
ADVISER (सलाहकार) 37
AFTER-HOURS TRADING (कारोबार-समयोत्तर ट्रेडिंग) 37
AFTERMARKET (पश्च बाजार) 37
AGENCY SECURITY (एजेंसी प्रतिभूति) 37
AGGRESSIVE GROWTH FUNDS
(आक्रामक वृद्धिशील निधि) 38

ALL-OR-NONE (AON) (ऑल-ऑर-नन—ए.ओ.एन.) 38
ALPHA (अल्फा) 38
AMERICAN-STYLE OPTION
(अमेरिकन-स्टाइल ऑप्शन) 38
AMORTIZATION (परिशोधन) 39
ANNUAL PERCENTAGE RATE (A.P.R.)
(वार्षिक प्रतिशत दर) 39
ANNUAL PERCENTAGE YIELD (A.P.Y.)
(वार्षिक प्रतिशत प्राप्ति) 39
ANNUAL REPORT (वार्षिक रिपोर्ट) 39
ANNUAL REPORT (MUTUAL FUND)
(वार्षिक रिपोर्ट, म्यूचुअल फंड) 39
ANNUALIZED RETURNS (वार्षिक रिटर्न) 40
APPRECIATION FUNDS (अनुपालन फंड्स) 40
ARBITRAGE (अंतरपणन) 40
ARMS INDEX-TRADING INDEX (TRIN)
(आर्म्स इंडेक्स-ट्रेडिंग इंडेक्स—टी.आर.आई.एन.) 40
ARREARAGE (अविशिष्ट देय/बकाया) 41
ASIAN FUNDS (एशियाई फंड्स) 41
ASIAN OPTION (एशियाई विकल्प) 41
ASK (ASKED PRICE) (आस्क—वांछित कीमत) 41
ASK PRICE (MUTUAL FUNDS)
(वांछित कीमत, म्यूचुअल फंड्स) 41
ASSIGNMENT (समनुदेशन) 41
ASSESSMENT BOND (मुआवजा बॉण्ड) 42
ASSET ALLOCATION FUNDS
(आस्ति विनिधान फंड्स) 42
AT-THE-MONEY (बाजार भाव पर) 42
AUCTION (TREASURY) नीलामी (राजकोष) 42

AUTOMATIC INVESTMENT (स्वत: निवेश) 42
AVERAGE/INDEX (औसत/सूचकांक) 42
AVERAGE LIFE (औसत जीवन) 43
AVERAGE MATURITY (औसत परिपक्वता अवधि) 43
AVERAGE VOLUME (औसत परिमाण) 43
AWAY FROM THE MARKET (बाजार से दूर) 43

B

BACK-END LOAD (बिक्री के समय देय प्रभार) 44
BALANCE SHEET (बैलेंस शीट/तुलन-पत्र) 44
BALANCED FUNDS (बैलेंस्ड फंड्स) 44
BANKER'S ACCEPTANCE (बैंकर की स्वीकृति) 44
BANKRUPTCY (दिवालिया) 45
BASIS (आधार) 45
BASIS POINT (आधार अंक) 45
BEAR (मंदड़िए) 45
BEAR MARKET (मंदी का बाजार) 45
BEAR RAID (बियर रेड) 45
BEARER SECURITIES (धारक प्रतिभूतियाँ) 46
BED AND BREAKFAST DEAL (ब्रेड एंड ब्रेकफास्ट डील) 46
BENCHMARK INDEX (बेंचमार्क इंडेक्स) 46
BENEFICIAL OWNER (लाभकारी स्वामी) 46
BEST 3-MONTH RETURN (3 माह के सबसे बेहतर रिटर्न) 46
BETA (बीटा) 47
BID (बोली) 47
BID/ASK SIZE (बिड/आस्क साइज) 47
BLOCK (ब्लॉक) 47
BLOW-OFF TOP (ब्लो-ऑफ टॉप) 47

BLUE-CHIP (ब्लू चिप) 48
BOND (बॉण्ड) 48
BOND FUND (बॉण्ड फंड) 48
BOOK ENTRY (बही प्रविष्टि) 48
BOOK VALUE (बही मूल्य) 48
BOARD OF DIRECTORS (निदेशक मंडल) 49
BREADTH OF THE MARKET (बाजार का हिस्सा) 49
BREAKOUT (ब्रेकआउट) 49
BREAKPOINT (ब्रेकपॉइंट) 49
BULL (तेजड़िए) 49
BULL MARKET (तेज बाजार) 49
BULLISH (तेजी) 50
BUY-IN (बाय-इन) 50
BUY/WRITE (बाय/राइट) 50
BUYER'S OPTION (CONTRACT)
क्रेता विकल्प (अनुबंध) 50
BUYING POWER (क्रय शक्ति) 50
BUYOUT (नियंत्रण हेतु खरीद) 50

C

CALL (कॉल) 51
CALL DATE (कॉल डेट) 51
CALL PROTECTION (कॉल प्रोटेक्शन) 51
CALL SPREAD (कॉल स्प्रेड) 51
CALLABLE (प्रतिदेय) 52
CALLABLE BOND (प्रतिदेय बॉण्ड) 52
CAPITAL EXPENDITURES (पूँजीगत व्यय) 52
CAPITAL GAIN (पूँजीगत अभिलाभ) 52
CAPITAL GROWTH (पूँजीगत संवृद्धि) 53

CAPITALIZATION (पूँजीकरण) 53
CAPITAL LOSS (पूँजीगत हानि) 53
CAPITAL STOCK (पूँजीगत स्टॉक) 53
CASH FLOW (नकदी प्रवाह) 53
CASH DIVIDEND (नकद लाभांश) 53
CASH AND EQUIVALENTS (नकदी और समतुल्य) 54
CERTIFICATE (सर्टिफिकेट) 54
CHANGES IN FINANCIAL POSITION
(वित्तीय स्थिति में परिवर्तन) 54
CHIEF EXECUTIVE OFFICER (C.E.O.)
मुख्य कार्यकारी अधिकारी (सी.ई.ओ.) 54
CLASS (वर्ग) 54
CLEARING CORPORATIONS (समाशोधन निगम) 54
CLIENT (ACCOUNT) STATEMENT
ग्राहक (लेखा) विवरण 55
CLIFFING (क्लिफिंग) 55
CLOSE (बंद भाव) 55
CLOSED-END FUNDS (क्लोज्ड-एंड फंड) 55
CLOSING PURCHASE (अंतिम क्रय) 55
CLOSING SALE (अंतिम विक्रय) 56
CLOSING TRANSACTION (अंतिम सौदा) 56
COLLATERAL TRUST BOND (संपार्श्विक न्यास बॉण्ड) 56
COMBINATION (कॉम्बिनेशन) 56
COMBINATION ORDER (कॉम्बिनेशन ऑर्डर) 56
COMMERCIAL PAPER (वाणिज्यिक पत्र) 56
COMMISSION (कमीशन) 57
COMMON EQUITY (कॉमन इक्विटी) 57
COMMON STOCK (कॉमन स्टॉक) 57
COMPARISON (मिलान) 57

COMPETITIVE TENDER (प्रतिस्पर्धी निविदा) 57
CONFIRMATION (पुष्टि) 58
CONSENT TO LOAN AGREEMENT
(ऋण समझौते के लिए सहमति) 58
CONSIDERATION (प्रतिफल) 58
CONSTANT-DOLLAR INVESTMENT
(स्थिर-डॉलर निवेश) 58
CONSUMER PRICE INDEX (C.P.I.)
(उपभोक्ता मूल्य सूचकांक) 58
CONTINGENT DEFERRED SALES CHARGE
(C.D.S.C.) (आनुषंगिक अस्थगित विक्रय प्रभार) 58
CONTRACTUAL PLAN (संविदागत योजना) 59
CONTROL PERSON (नियंत्रक व्यक्ति) 59
CONTROL SECURITIES (नियंत्रित प्रतिभूतियाँ) 59
CONVERTIBLE ISSUE (संपरिवर्तनीय इश्यू) 59
CONVERTIBLE PREFERRED STOCK
(संपरिवर्तनीय अधिमानित शेयर) 59
COOLING-OFF PERIOD (विराम अवधि) 59
CORNER A MARKET (बाजार घेराबंदी) 60
CORPORATE BONDS (निगमित बॉण्ड्स) 60
CORPORATION/COMPANY (कॉर्पोरेशन/कंपनी) 60
COUPON (कूपन) 60
COUPON YIELD (कूपन प्राप्ति) 60
COVER (कवर) 60
COVERED CALL (कवर्ड कॉल) 61
COVERED PUT (कवर्ड पुट) 61
CREDIT AGREEMENT (ऋण अनुबंध) 61
CREDIT BALANCE (ऋण संतुलन) 61
CREDIT RISK (ऋण जोखिम) 61

CUMULATIVE DIVIDENDS (संचयी लाभांश) 62
CUMULATIVE PREFERRED STOCK (संचयी अधिमानित शेयर) 62
CURRENT ASSETS (चालू आस्तियाँ) 62
CURRENT INCOME (वर्तमान आय) 62
CURRENT LIABILITIES (चालू देयताएँ) 62
CURRENT MATURITY (वर्तमान परिपक्वता अवधि) 62
CURRENT RATIO (चालू अनुपात) 63
CURRENT SHARE PRICE (वर्तमान शेयर भाव) 63
CURRENT YIELD (वर्तमान प्राप्ति) 63
CYCLICALS (चक्रीय) 63

D

DATED DATE (दिनांकित तारीख) 64
DAY ORDER (डे ऑर्डर) 64
DAY TRADE (दैनिक ट्रेडिंग) 64
DEALER (व्यापारी) 64
DEBENTURES (डिबेंचर्स) 64
DEBIT BALANCE (ऋण शेष) 65
DEBT/EQUITY RATIO (डेब्ट/इक्विटी रेशियो) 65
DECILE RANK (डेसिल रैंक) 65
DECLARATION DATE (घोषणा तिथि) 65
DEED OF TRUST (न्यास का विलेख) 65
DEFAULT (चूक) 65
DEFENSIVE STOCKS (रक्षित स्टॉक) 66
DEFERRED (INCOME) TAXES आस्थगित (आय) कर 66
DELIVERY BALANCE ORDER (D.B.O.) (सुपुर्दगी शेष आदेश) 66

DEPOSITORY (निक्षेपागार) 66
DEPOSITORY TRUST COMPANY (D.T.C.)
(निक्षेपागार न्यास कंपनी) 66
DEPRECIATION (मूल्य-ह्रास) 66
DERIVATIVE (डेरिवेटिव) 67
DERIVATIVE SECURITY (डेरिवेटिव प्रतिभूति) 67
DIAGONAL SPREAD (डायग्नल स्प्रेड) 67
DIFFERENTIAL (डिफरेंशियल) 67
DILUTION (डाइल्यूशन) 67
DIRECTOR (निदेशक) 67
DISCOUNT (छूट) 68
DISCOUNT BOND (डिस्काउंट बॉण्ड) 68
DISCOUNT RATE (छूट की दर) 68
DISPOSABLE INCOME (प्रयोज्य आय) 68
DISTRIBUTIONS (वितरण) 68
DIVERGENCE (अंतर) 68
DIVERSIFICATION (विविधीकरण) 69
DIVIDENDS (लाभांश) 69
DIVIDEND REINVESTMENT (लाभांश पुनर्निवेश) 69
DIVIDEND REINVESTMENT PLAN
(लाभांश पुनर्निवेश योजना) 69
DIVIDEND YIELD (FUNDS) लाभांश प्राप्ति (फंड्स) 69
DIVIDEND YIELD (STOCKS) लाभांश प्राप्ति (शेयर) 69
DIVIDENDS PER SHARE (लाभांश प्रति शेयर) 70
DOLLAR COST AVERAGING
(डॉलर लागत औसत करना) 70
DO-NOT-REDUCE (D.N.R.) (डू-नॉट-रिड्यूस) 70
DOUBLE TAXATION (दोहरा कराधान) 70
DOWNGRADE (उतार की ओर) 70

DOWNTICK (डाउनटिक) 71
DRAG ON RETURNS (DRAG GRADE)
ड्रैग ऑन रिटर्न (ड्रैग ग्रेड) 71
DUE DILIGENCE (MEETING)
समुचित सावधानी (बैठक) 71
DURATION (अवधि) 71

E

EARNINGS (उपार्जन) 72
EARNINGS BEFORE INTEREST AND TAXES
(E.B.I.T.) (ब्याज और कर पूर्व उपार्जन) 72
EARNINGS BEFORE INTEREST, TAXES,
DEPRECIATION AND AMORTIZATION
(E.B.I.T.D.A.)
(ब्याज, कर, मूल्य-ह्रास एवं परिशोधन से पहले का उपार्जन) 72
EARNINGS GROWTH%(उपार्जन संवृद्धि प्रतिशत) 72
EARNINGS PER SHARE (E.P.S.) (प्रति शेयर उपार्जन) 73
EARNINGS REPORT (उपार्जन रिपोर्ट) 73
EARNINGS YIELD (उपार्जन प्राप्ति) 73
E.C.N. (ई.सी.एन.) 73
EFFECTIVE DATE (प्रभावी तारीख) 73
ENDORSEMENT (परांकन) 74
EQUIPMENT TRUST BONDS (उपकरण न्यास बॉण्ड्स) 74
EQUITY (इक्विटी) 74
EQUITY-INCOME FUNDS (इक्विटी-इनकम फंड्स) 74
EQUITY OPTIONS (इक्विटी ऑप्शंस) 74
ESTIMATED E.P.S. GROWTH
(अनुमानित ई.पी.एस. वृद्धि) 74
EUROPEAN-STYLE OPTION
(यूरोपियन-स्टाइल ऑप्शन) 75

EXCHANGE (एक्सचेंज) 75
EXCHANGE TRADED FUND (E.T.F.)
(एक्सचेंज ट्रेडिड फंड) 75
EX-DIVIDEND DATE (लाभांश रहित तारीख) 75
EXECUTION (निष्पादन) 75
EXERCISE (प्रयोग करना) 75
EXERCISE PRICE (प्रयोग मूल्य) 76
EXPENSE RATIO (खर्च अनुपात) 76
EXPIRATION (समापन) 76
EXPIRATION CYCLE (समापन चक्र) 76
EXPIRATION DATE (समापन तारीख) 76
EXPIRATION MONTH (समापन माह) 76
EX-RIGHTS DATE (अधिकार-रहित तारीख) 77
EXTENDED MATURITY (अवधि-वर्धित बॉण्ड) 77
EX-WARRANTS DATE (वारंट-रहित तारीख) 77

F

FAST MARKET (तेज बाजार) 78
FILL OR KILL (FOK) (फिल ऑर किल) 78
FISCAL AGENT (फिस्कल एजेंट) 78
FISCAL YEAR (राजकोषीय वर्ष) 78
FIXED ANNUITY (नियत वार्षिक भत्ता) 79
FLAT (फ्लैट) 79
FLAT (BONDS) फ्लैट (बॉण्ड्स) 79
FLOOR BROKER (फ्लोर ब्रोकर) 79
FLOTATION (फ्लोटेशन) 79
FRACTIONAL SHARES (फ्रैक्शनल शेयर) 79
FREE CASH FLOW (मुक्त नकदी प्रवाह) 79
FREE CASH FLOW PER SHARE
(मुक्त नकदी प्रवाह प्रति शेयर) 80

FREE STOCK (मुक्त शेयर) 80
FRIENDLY TAKEOVER (मित्रवत् अधिग्रहण) 80
FROZEN ACCOUNT (अवरोधित खाता) 80
FULLY DILUTED EARNINGS PER SHARE (फुली डाइल्यूटिड अर्निंग्स पर शेयर) 80
FULLY DILUTED SHARES OUTSTANDING (फुली डाइल्यूटिड शेयर आउटस्टैंडिंग) 80
FULLY PAID SECURITIES LENDING (पूर्णत: चुकता प्रतिभूति ऋणदान) 80
FUND EXCHANGE (निधि परिवर्तन) 81
FUND FAMILY (निधि परिवार) 81
FUNDAMENTAL ANALYSIS (मूलभूत विश्लेषण) 81
FUTURES (फ्यूचर्स) 81
FUTURES CONTRACT (फ्यूचर्स अनुबंध) 82

G

GEARING (कर्ज-भार) 83
GENERAL OBLIGATION (G.O.) BOND (जनरल ऑब्लिगेशन बॉण्ड) 83
GOOD DELIVERY (वस्तु सुपुर्दगी) 83
GOOD-TILL-CANCELLED (G.T.C.) (गुड-टिल-कैंसल्ड) 83
GOODWILL (गुडविल) 83
GOVERNMENT BOND (सरकारी बॉण्ड) 84
GROSS PROFIT (सकल लाभ) 84
GROWTH AND INCOME FUNDS (ग्रोथ एंड इनकम फंड्स) 84
GROWTH STOCK (ग्रोथ स्टॉक) 84

H

HEAD & SHOULDERS (हेड एंड शोल्डर्स) 85

HEDGE (हेज) 85

HIGH-YIELD BOND (हाई-यील्ड बॉण्ड) 85

HOLDING COMPANY (नियंत्रक कंपनी) 85

HOSTILE TAKEOVER (जबरन अधिग्रहण) 86

HOUSE MAINTENANCE CALL (हाउस मेंटेनेंस कॉल) 86

HOUSE REQUIREMENT (हाउस रिक्वायरमेंट) 86

HYPOTHECATION (दृष्टि-बंधक/गिरवी रखना) 86

I

IMMEDIATE-OR-CANCEL (I.O.C.) (इमीजिएट-ऑर-कैंसिल) 87

INCOME (आय) 87

INCOME BONDS (आय बॉण्ड्स) 87

INCOME FUNDS (आय फंड्स) 87

INCOME STOCK (आय शेयर) 88

INCOME STREAM (आय स्ट्रीम) 88

INDENTURE (करारनामा) 88

INDEX FUND (इंडेक्स फंड) 88

INDICATED DIVIDEND (सूचक लाभांश) 88

INDICATED YIELD (सूचक प्राप्ति) 88

INDUSTRY (उद्योग) 88

INFLATION (मुद्रास्फीति) 89

INFLATION RISK (मुद्रास्फीति जोखिम) 89

INITIAL INVESTMENT (प्रारंभिक निवेश) 89

INITIAL PUBLIC OFFERING (I.P.O.) (इनीशियल पब्लिक ऑफरिंग) 89

INSIDE INFORMATION (भेदी जानकारी) 89

INSIDER (भेदिया) 89
INSIDER TRADING (भेदिया व्यापार) 90
INSTITUTIONAL INVESTOR (संस्थागत निवेशक) 90
INTEREST (ब्याज) 90
INTEREST COVERAGE (ब्याज संरक्षण) 90
INTEREST EXPENSE (ब्याज व्यय) 90
INTEREST RATE (ब्याज दर) 90
INTEREST RATE RISK (ब्याज दर जोखिम) 91
INTERIM DIVIDEND (अंतरिम लाभांश) 91
INTERMEDIATE-TERM BONDS
(इंटरमीडिएट-टर्म बॉण्ड्स) 91
INTERNATIONAL FUNDS (अंतरराष्ट्रीय निधि) 91
INTERNAL RATE OF RETURN (I.R.R.)
(आंतरिक प्रतिलाभ दर) 91
IN-THE-MONEY (इन-द-मनी) 92
INVENTORY (माल-सूची) 92
INVESTMENT ADVISOR (निवेश सलाहकार) 92
ISSUE (इश्यू) 92
ISSUE DATE (निर्गम तारीख) 92
ISSUED STOCK (निर्गमित शेयर) 92

J

JOINT ACCOUNT (संयुक्त खाता) 93
JUNK BOND (जंक बॉण्ड) 93

L

LADDER (लैडर) 94
LARGE-CAP STOCKS (लार्ज-कैप स्टॉक्स) 94
LAST (अंतिम) 94

LIABILITY (देयता) 94
LIMIT ORDER (लिमिट ऑर्डर) 95
LIMITED TAX BOND (लिमिटेड टैक्स बॉण्ड) 95
LIMITED TRADING AUTHORIZATION (सीमित कारोबार प्राधिकृति) 95
LIQUIDATION (परिसमापन) 95
LIQUIDITY (तरलता) 95
LIQUIDITY RATIO (तरलता अनुपात) 95
LIQUIDITY RISK (तरलता जोखिम) 96
LISTED OPTIONS (सूचीबद्ध ऑप्शंस) 96
LISTED SECURITIES (सूचीबद्ध प्रतिभूतियाँ) 96
LISTED STOCK (सूचीबद्ध शेयर) 96
LOAD (भार) 96
LOAD FUND (भार निधि) 96
LOAN STOCK (ऋण पत्र) 97
LOAN VALUE (ऋण मूल्य) 97
LONG POSITION (लॉन्ग पोजीशन) 97
LONG-TERM ASSETS (दीर्घकालिक आस्तियाँ) 97
LONG-TERM BOND (दीर्घकालिक बॉण्ड) 97
LONG-TERM DEBT (दीर्घकालिक ऋण) 97
LONG-TERM DEBT/CAPITALIZATION (दीर्घकालिक ऋण/पूँजीकरण) 97
LONG-TERM LIABILITIES (दीर्घकालिक देयताएँ) 98
LOW (न्यूनतम) 98

N

NAKED CALL (नैकेड कॉल) 99
NEGOTIABLE (परक्राम्य) 99
NET ASSETS (शुद्ध निवल आस्तियाँ) 99

NET ASSET VALUE (शुद्ध निवल आस्तियाँ मूल्य) 99
NET EARNINGS (NET INCOME)
शुद्ध उपार्जन (शुद्ध आय) 99
NET MARGIN (शुद्ध अंतर) 100
NEW ISSUE (नया इश्यू) 100
NIL PAID (शून्य भुगतान) 100
NO-LOAD (भार-रहित) 100
NO-LOAD FUND (नो-लोड फंड) 100
NOISE (नॉयस) 100
NOMINAL YIELD (अवास्तविक प्राप्ति) 100
NOMINEE NAME (नामित का नाम) 101
NON-CALLABLE (गैर-प्रतिदेय) 101
NON-COMPETITIVE TENDER (गैर-प्रतिस्पर्धी निविदा) 101
NON-CUMULATIVE PREFERRED STOCK
(असंचयी अधिमानित स्टॉक) 101
NOTE (नोट) 101
NTF (एन.टी.एफ.) 101

O

OBJECTIVE (MUTUAL FUND)
ऑब्जेक्टिव (म्यूचुअल फंड) 102
ODD LOT (ऑड लॉट) 102
OFFER (प्रस्ताव) 102
OFFER PRICE (MUTUAL FUND)
प्रस्तावित भाव (म्यूचुअल फंड) 102
ON-BALANCE VOLUME INDEX
(ऑन-बैलेंस वॉल्यूम इंडेक्स) 102
OPEN-END FUND (ओपन-एंड फंड) 103

OPEN-END MANAGEMENT COMPANY (ओपन-एंड मैनेजमेंट कंपनी) 103
OPEN INTEREST (ओपन इंटरेस्ट) 103
OPEN OUTCRY SYSTEM (खुली शोर प्रणाली) 103
OPENING PURCHASE (क्रय शुरुआत) 103
OPENING SALE (विक्रय शुरुआत) 103
OPENING TRANSACTION (सौदे की शुरुआत) 104
OPERATING MARGIN (परिचालन सीमांत राशि) 104
OPTION (ऑप्शन) 104
OPTION ADJUSTMENTS (ऑप्शन समायोजन) 104
OPTION AGREEMENT (ऑप्शन अनुबंध) 104
OPTION CLASS (ऑप्शन श्रेणी) 104
OPTION-INCOME FUND (ऑप्शन-इनकम फंड) 104
OPTION SERIES (ऑप्शन शृंखला) 105
ORDER BOOK OFFICIAL (ऑर्डर बुक अधिकारी) 105
ORDINARY SHARES (साधारण शेयर) 105
ORIGINAL ISSUE DISCOUNT (O.I.D.) (ओरिजिनल इश्यू डिस्काउंट) 105
ORIGINAL ISSUE ZEROS (ओरिजिनल इश्यू जीरो) 105
O.T.C. BULLETIN BOARD (ओ.टी.सी. बुलेटिन बोर्ड) 105
OTHER CURRENT ASSETS (अन्य वर्तमान आस्तियाँ) 105
OUT-OF-THE-MONEY (आउट-ऑफ-द-मनी) 106
OVERBOUGHT/OVERSOLD INDICATOR (अधिक्रयित/अधिविक्रयित संकेतक) 106
OVER-THE-COUNTER MARKET (O.T.C.) (ओवर-द-काउंटर मार्केट) 106

P

PAR VALUE (सम मूल्य) 107

PARTICIPATING PREFERRED (अधिमानित सहभागी) 107
PASS-THROUGH SECURITY
(प्रभाव अंतरण प्रतिभूतियाँ) 107
PAYEE (आदाता) 107
PAYMENT DATE (भुगतान तारीख) 107
PAYOUT RATIO (भुगतान अनुपात) 108
PEG RATIO (पेग रेशियो) 108
PENNY STOCKS (पेनी स्टॉक्स) 108
PERCENT IN TOP FIVE HOLDINGS
(शीर्ष पाँच शेयर पूँजी प्रतिशत) 108
PHANTOM INTEREST (अवास्तविक ब्याज) 108
PIN (पिन) 108
PIT (पिट) 109
PIVOT (पिवट) 109
POINT (बिंदु) 109
POINT AND FIGURE CHART (पॉइंट एंड फिगर चार्ट) 109
PORTFOLIO (पोर्टफोलियो) 109
PORTFOLIO TURNOVER (पोर्टफोलियो टर्नओवर) 109
POSITION LIMITS (पोर्टफोलियो सीमा) 110
PRE-EMPTIVE RIGHT (पूर्व-क्रय अधिकार) 110
PREFERRED STOCK (अधिमानित शेयर) 110
PREMIUM (BONDS) प्रीमियम (बॉण्ड्स) 110
PREMIUM (OPTIONS) प्रीमियम (ऑप्शंस) 110
PRE-TAX MARGIN (कर-पूर्व मार्जिन) 110
PRICE/BOOK (भाव/बुक) 111
PRICE/CASH FLOW (भाव/नकदी प्रवाह) 111
PRICE/EARNINGS RATIO (भाव/आय अनुपात) 111
PRICE/SALES (भाव/विक्रय) 111
PRICE SPREAD (भाव अंतर) 111

PRICE-WEIGHTED INDEX (भाव-भारित सूचकांक) 111
PRIMARY DEALER (प्राथमिक विक्रेता) 112
PRIMARY MARKET (प्राथमिक बाजार) 112
PRINCIPAL (प्रधान) 112
PRINCIPAL (BOND) मूल धन (बॉण्ड) 112
PRIVATE COMPANY (निजी कंपनी) 112
PRIVATE PLACEMENT (प्राइवेट प्लेसमेंट) 112
PRIVATIZATION (निजीकरण) 113
PROFIT MARGIN (मुनाफा अंतर) 113
PROGRAM TRADING (प्रोग्राम ट्रेडिंग) 113
PROSPECTUS (विवरणिका) 113
PROXY (प्रतिनिधित्व) 113
PROXY FIGHT (प्रतिनिधि संघर्ष) 113
PUBLIC MARKET (सार्वजनिक बाजार) 114
PUBLIC OFFERING DATE (सार्वजनिक प्रस्ताव तारीख) 114
PURCHASE PRICE (क्रय भाव) 114
PUT (पुट) 114

Q

QUARTERLY REFUNDING (त्रैमासिक धन-वापसी) 115
QUARTERLY REPORT (त्रैमासिक रिपोर्ट) 115
QUICK RATIO (त्वरित अनुपात) 115
QUOTE (भाव बोलना) 115

R

R-SQUARED (आर-स्क्वायर्ड) 116
RANGE (श्रेणी) 116
RATE OF RETURN (रिटर्न दर) 116
RATING (दर निर्धारण) 116

REAL-TIME QUOTE (हालिया भाव) 116
REALIZED GAINS/LOSSES (प्राप्त नफा/नुकसान) 117
RECORD DATE (दर्ज तारीख) 117
REDEMPTION (मोचन) 117
REDEMPTION (MUTUAL FUND)
मोचन (म्यूचुअल फंड) 117
REDEMPTION DATE (मोचन तारीख) 117
REDEMPTION FEE (मोचन शुल्क) 117
REDEMPTION NOTICE (मोचन नोटिस) 117
REFUNDING (धन-वापसी) 118
REGISTERED BOND (रजिस्टर्ड बॉण्ड) 118
REGISTERED FORM (रजिस्टर्ड फॉर्म) 118
REGISTERED TO PRINCIPAL ONLY
(सिर्फ मूल धन स्वामी के लिए रजिस्टर्ड) 118
REGISTERED TRADER (रजिस्टर्ड ट्रेडर) 118
REGISTRAR (रजिस्ट्रार) 118
REGISTRATION STATEMENT (रजिस्ट्रेशन विवरण) 118
REGULAR WAY (नियमित तरीका) 119
REINVESTMENT OPPORTUNITY (पुनर्निवेश अवसर) 119
REINVESTMENT RATE (पुनर्निवेश दर) 119
REINVESTMENT RISK (पुनर्निवेश जोखिम) 119
RELATIVE STRENGTH (सापेक्ष शक्ति) 119
RESISTANCE (RESISTANCE LEVEL)
रेसिस्टेंस (रेसिस्टेंस लेवल) 119
RESTRICTED ACCOUNT (प्रतिबंधित खाते) 119
RESTRICTED SECURITIES (प्रतिबंधित प्रतिभूतियाँ) 120
RETAINED EARNINGS (प्रतिधारित उपार्जन) 120
RETRACEMENT (रीट्रेसमेंट) 120
RETURN (रिटर्न) 120

RETURN ON ASSETS (R.O.A.) (आस्तियों पर प्रतिलाभ) 120
RETURN ON EQUITY (R.O.E.) (इक्विटी पर प्रतिलाभ) 120
REVENUES (राजस्व) 120
REVENUE BOND (राजस्व बॉण्ड) 121
REVERSE STOCK SPLIT (रिवर्स स्टॉक स्पिलिट) 121
RIGHT (अधिकार) 121
RIGHTS ARBITRAGE (राइट्स आर्बिट्रेज) 121
RIGHTS ISSUE (राइट्स इश्यू) 121
RIGHTS OFFERING (प्रस्ताव अधिकार) 121
RISK (जोखिम) 122
RISK/RETURN TRADE-OFF (रिस्क/रिटर्न ट्रेड-ऑफ) 122
ROAD SHOW (रोड शो) 122

S

SALES CHARGE/LOAD (सेल्स चार्ज/लोड) 123
SAME-DAY SUBSTITUTION (सेम डे सब्स्टीट्यूशन) 123
SAVINGS BONDS (सेविंग्स बॉण्ड्स) 123
SECONDARY MARKET (सेकंडरी मार्केट) 123
SECONDARY OFFERINGS (सेकंडरी प्रस्ताव) 123
SECTOR FUNDS (सेक्टर फंड्स) 124
SECURITIES (प्रतिभूतियाँ) 124
SELL-OUT (सेल-आउट) 124
SELL/WRITE (सेल/राइट) 124
SERIAL BONDS (सीरियल बॉण्ड्स) 124
SERIES (श्रृंखला) 124
SETTLEMENT (निपटान) 125
SETTLEMENT DATE (निपटान तारीख) 125
SETTLEMENT DATE INVENTORY (निपटान तारीख इन्वेंटरी) 125

SHAREHOLDER (शेयरधारक) 125
SHAREHOLDER'S EQUITY (शेयरधारक की इक्विटी) 125
SHAREHOLDER SERVICES FEE
(शेयरधारक सेवा शुल्क) 125
SHARES OUTSTANDING (शेयर्स आउटस्टैंडिंग) 125
SHARE REPURCHASE (शेयरों का पुनः क्रय) 126
SHORT ACCOUNT (शॉर्ट अकाउंट) 126
SHORT EXEMPT (शॉर्ट छूट) 126
SHORT INTEREST (शॉर्ट इंटरेस्ट) 126
SHORT POSITION (शॉर्ट पोजीशन) 126
SHORT SELL (शॉर्ट सेल) 126
SHORT-TERM BOND (लघु-अवधि बॉण्ड) 127
SHORT-TERM BOND FUNDS
(लघु-अवधि बॉण्ड फंड्स) 127
SHORT-TERM GOVERNMENT BOND
(लघु-आवधिक सरकारी बॉण्ड) 127
SIZE (आकार) 127
SLIPPAGE (स्लिपेज) 127
SMALL-CAP STOCKS (स्माल-कैप स्टॉक्स) 127
SMALL COMPANY FUNDS (लघु कंपनी फंड्स) 127
SPECIAL-PURPOSE BOND (स्पेशल-पर्पज बॉण्ड) 128
SPECIALIST (विशेषज्ञ) 128
SPIN-OFF (स्पिन-ऑफ) 128
SPLIT FUND (स्प्लिट फंड) 128
SPONSOR (प्रायोजक) 128
SPREAD (स्प्रेड) 128
SPREAD ORDER (स्प्रेड ऑर्डर) 128

STANDARD DEVIATION (मानक विचलन) 129
STATEMENT OF ADDITIONAL INFORMATION (अतिरिक्त जानकारी विवरण) 129
STATEMENT OF CASH FLOWS (नकदी प्रवाह विवरण) 129
STOCK (शेयर) 129
STOCK AHEAD (स्टॉक अहेड) 129
STOCK DIVIDEND (स्टॉक लाभांश) 129
STOCK POWER (स्टॉक पॉवर) 130
STOCK SPLITS (स्टॉक स्प्लिट्स) 130
STOP LIMIT ORDER (स्टॉप लिमिट ऑर्डर) 130
STOP-LOSS (स्टॉप-लॉस) 130
STOP ORDER (स्टॉप ऑर्डर) 130
STRADDLE (सम क्रय-विक्रय) 130
STRANGLE (स्ट्रैंगल) 131
STREET NAME (सड़क का नाम) 131
STRIKE PRICE (नियत भाव) 131
SUBJECT QUOTE (अपुष्ट भाव बताना) 131
SUBORDINATED DEBENTURE (गौण डिबेंचर) 131
SUBSCRIPTION RIGHT (अभिदान अधिकार) 131
SUBSEQUENT INVESTMENT (आगामी निवेश) 132
SUPPORT (SUPPORT LEVEL) समर्थन (समर्थन स्तर) 132
SYMBOL (प्रतीक) 132

T

TAKEOVER (अधिग्रहण) 133
TARGET FUND (लक्षित निधि) 133
TAX ANTICIPATION NOTE (कर पूर्वानुमान पत्र) 133

TAX-EXEMPT BONDS (कर-छूट बॉण्ड्स) 133
TECHNICAL ANALYSIS (तकनीकी विश्लेषण) 133
TENDER OFFER (टेंडर प्रस्ताव) 134
TENURE (अवधि) 134
TERM MATURITY (मियादी परिपक्वता) 134
TERM STRUCTURE OF INTEREST RATES
(ब्याज दरों की मियादी संरचना) 134
TICKER (टिकर) 134
TICK INDICATOR (टिक इंडिकेटर) 134
TIME HORIZON (INVESTMENT HORIZON)
समयावधि (निवेश समयावधि) 135
TIME VALUE (आवधिक मूल्य) 135
TOTAL ASSETS (कुल आस्तियाँ) 135
TOTAL DEBT-TO-EQUITY RATIO
(टोटल डेब्ट-टू-इक्विटी रेशियो) 135
TOTAL LIABILITIES (कुल देयताएँ) 135
TOTAL RETURN (कुल रिटर्न) 135
TOTAL RETURN (MUTUAL FUNDS)
कुल रिटर्न (म्यूचुअल फंड्स) 135
TOTAL REVENUE (कुल राजस्व) 136
TRADE (ट्रेड) 136
TRADE CONFIRMATION (ट्रेड पुष्टि) 136
TRADE DATE (ट्रेड तारीख) 136
TRADING RANGE (ट्रेडिंग रेंज) 136
TRAILING P/E RATIO (ट्रेलिंग पी/ई रेशियो) 136
TRANSFER (अंतरण) 136
TRANSFER AGENT (अंतरण एजेंट) 137
TREASURY DIRECT (ट्रेजरी डायरेक्ट) 137
TREASURY NOTES (T-NOTES)
ट्रेजरी नोट्स (टी-नोट्स) 137

TRUST INDENTURE (न्यास करारनामा) 137
TURNOVER RATIO (टर्नओवर रेशियो) 137
TYPE (प्रकार) 137

U

UNCOVERED CALL (अरक्षित कॉल) 138
UNCOVERED PUT (अरक्षित पुट) 138
UNDERLYING (आधारभूत) 138
UNDERWRITER (INVESTMENT BANKER) हामीदार (निवेश बैंकर) 138
UNDERWRITING (हामीदारी अंकन) 138
UNDERWRITING MANAGER (हामीदारी प्रबंधक) 139
UNIT (यूनिट) 139
UNLISTED SECURITY (असूचीबद्ध प्रतिभूति) 139
UNWIND (अनविंड) 139
UPTICK (अपटिक) 139

V

VOLATILITY (उतार-चढ़ाव) 140
VOLUME (मात्रा) 140
VOTING TRUST (मताधिकारी न्यास) 140

W

WARRANT (वारंट) 141
WEIGHTED-AVERAGE MATURITY (भारित औसत परिपक्वता) 141
WHITE KNIGHT (व्हाइट नाइट) 141
WITHDRAWAL PLAN (आहरण योजना) 141
WORKOUT QUOTE (भाव निर्धारण) 141

WORST 3-MONTH RETURN
(3-महीने का सबसे खराब रिटर्न) 142
WRITER (राइटर) 142
W-TYPE BOTTOM (डब्ल्यू-टाइप बॉटम) 142

Y

YELLOW SHEETS (येलो शीट्स) 143
YIELD (BOND) यील्ड (बॉण्ड) 143
YIELD (STOCK) यील्ड (स्टॉक) 143
YIELD CURVE (यील्ड कर्व) 143
YIELD ELBOW (यील्ड एल्बो) 143
YIELD TO CALL (यील्ड टू कॉल) 144
YIELD TO MATURITY (यील्ड टू मैच्यूरिटी) 144

Z

ZERO-COUPON BONDS (जीरो कूपन बॉण्ड्स) 145
ZERO-COUPON CD (जीरो कूपन सी.डी.) 145
ZERO-MINUS TICK (जीरो-माइनस टिक) 145
ZERO-PLUS TICK (जीरो-प्लस टिक) 145

(Acronyms & Abbreviations)
प्रथमाक्षर एवं संकेताक्षर

सामान्य वित्त संकेताक्षर एवं प्रथमाक्षर 146
BANKING AND FINANCE (बैंकिंग एवं वित्त) 147
JOBS ARE IN BUSINESS AND FINANCE 148
STOCK MARKET ABBREVIATIONS
(स्टॉक मार्केट संकेताक्षर) 149

A

ABANDON (परित्यक्त)

ऑप्शन को न बेचना और न ही उपयोग करना। निवेशक आमतौर पर परित्यक्तता को तब चुनता है, जब ऑप्शन समाप्ति तिथि कोआउट-ऑफ-द-मनी हो।

ABOVE PAR (अबोव पार)

वर्तमान भाव का फेस वैल्यू से अधिक होना। ऐसा अकसर तब होता है, जब बॉण्ड के लिए दिया गया कूपन उस प्रतिभूति की बाजार ब्याज दर से अधिक हो। यदि निवेशक ने बॉण्ड को अबोव पार मूल्य पर खरीदा होगा तो बॉण्ड की परिपक्वता पर उसे पूँजी हानि उठानी पड़ेगी, क्योंकि वह इसे केवल फेस वैल्यू पर ही मोचन कर सकता है।

ACCOUNTS PAYABLE (देय खाते)

व्यापार के दौरान कंपनी की ली गई वस्तुओं और सेवाओं के लिए लेनदारों के प्रति मौजूदा देयताएँ।

ACCOUNTS RECEIVABLE (प्राप्य खाते)

कंपनी की उधार पर बेची गई वस्तुओं और सेवाओं के चलते बकाया मौजूदा संपत्ति।

ACCRETED INTEREST (अभिवृद्धि ब्याज)

जीरो कूपन प्रतिभूति का औसत मूल्य तथा इसके वास्तविक क्रय भाव के बीच का अंतर। इसे ओरिजिनल इश्यू डिस्काउंट के तौर पर भी जाना जाता है।

ACCRUAL BOND (उपचय बॉण्ड)

वह बॉण्ड, जिसे उसकी फेस वैल्यू से अत्यधिक छूट पर बिना किसी कूपन के बेचा गया हो। उपचय बॉण्ड को अतरल तथा ब्याज दरों के प्रति अति संवेदनशील होते हैं।

ACCRUED INTEREST (उपचित ब्याज)

वह ब्याज राशि, जो क्रेता को बॉण्ड और नोट्स जैसी निश्चित आय प्रतिभूतियाँ लेने पर विक्रेता को देनी होती है।

ACCUMULATION BOND (संचयन बॉण्ड)

अपनी फेस वैल्यू से कम पर बेचा गया बॉण्ड, जिसे परिपक्व होने पर उसकी फेस वैल्यू पर मोचित किया जा सके। इसे 'डिस्काउंट बॉण्ड' भी कहते हैं।

ACQUISITION (अधिग्रहण)

शेयरों की खरीद या विनिमय द्वारा किसी दूसरे संगठन का नियंत्रण अधिगृहीत करने की प्रक्रिया। इसे जबरन या मित्रवत् किसी भी तरह किया जा सकता है।

ACTIVE MANAGEMENT (सक्रिय प्रबंधन)

अधिकतम लाभ लेने के लिए पोर्टफोलियो होल्डिंग्स का निरंतर प्रबंधन करते रहना। फंड मैनेजर का सक्रिय प्रबंधन म्यूचुअल फंड्स के लिए लाभकारी होता है।

ADDRESS (पता)

कंपनी का मुख्यालय पता, जो सूचीबद्ध होने के दौरान दिया गया हो।

ADVANCED OPTION (उन्नत विकल्प)

यह एक जटिल ऑप्शन रणनीति है। इसे स्प्रेड ऑर्डर, स्ट्रेडल, स्ट्रैंगल, बाय/राइट, सेल/राइट और अनविंड भी कहते हैं।

ADVISER (सलाहकार)

वह व्यक्ति या फर्म, जो फंड के दैनिक परिचालन के लिए प्रमुख रूप से जिम्मेदार है।

AFTER-HOURS TRADING (कारोबार-समयोत्तर ट्रेडिंग)

प्रमुख बाजारों के बंद होने के बाद प्रतिभूतियों का क्रय-विक्रय करना। एक समय कारोबार-समयोत्तर ट्रेडिंग का विशेषाधिकार केवल संस्थागत निवेशकों के लिए था, हालाँकि अब इसमें व्यक्तिगत निवेशक भी शामिल हो सकते हैं। कारोबारी समय के बाद ई.सी.एन. पर स्टॉक ट्रेड किए जाते हैं, जिसमें कंप्यूटर प्रणाली द्वारा क्रेताओं और विक्रेताओं का मिलान कर सौदा निष्पादित किया जाता है।

AFTERMARKET (पश्च बाजार)

वह बाजार, जिसमें निवेशक प्रतिभूति को जारीकर्ता की जगह दूसरे निवेशकों से खरीदता है। यह प्राथमिक बाजार में प्रारंभिक निर्गम के बाद की प्रक्रिया है। इसे सेकंडरी मार्केट भी कहा जाता है।

AGENCY SECURITY (एजेंसी प्रतिभूति)

यह बिल्स, नोट्स और बॉण्ड, जिन्हें सरकारी एजेंसियों द्वारा जारी किया जाता है।

AGGRESSIVE GROWTH FUNDS (आक्रामक वृद्धिशील निधि)

वे म्यूचुअल फंड्स, जो छोटी कंपनियों के शेयरों पर केंद्रित रहते हैं, फंड के उच्च स्तरीय जोखिम को उसकी तेज उपार्जन संभावनाओं द्वारा न्यायोचित ठहराया जाता है।

ALL-OR-NONE (AON) (ऑल-ऑर-नन—ए.ओ.एन.)

वह प्रकार, जिसमें पूरी ऑर्डर मात्रा को स्वीकृत भाव (या उससे बेहतर पर) निष्पादित करने या न करने का आदेश दिया जाता है। यह आंशिक ऑर्डर पूर्ति को रोकता है। ऑल-ऑर-नन तथा फिल-ऑर-किल (एफ.ओ.के.) के बीच यही अंतर होता है कि ए.ओ.एन. ऑर्डर तब तक खुला रहता है, जब तक संपूर्ण आदेशित मात्रा पूरी नहीं हो जाती, जबकि ए.ओ.के. में ऑर्डर रद्द भी हो सकता है।

ALPHA (अल्फा)

फंड की जोखिम-समायोजित रिटर्न का पैमाना। अल्फा को निकालने के लिए फंड के वास्तविक रिटर्न और इसके जोखिम के स्तर द्वारा निर्धारित अपेक्षित रिटर्न (बीटा) के बीच तुलना की जाती है। सकारात्मक अल्फा इस बात का सूचक है कि फंड ने उम्मीद से बेहतर प्रदर्शन किया है, जबकि नकारात्मक अल्फा इस बात का सूचक है कि फंड का प्रदर्शन उम्मीद से कम रहा है।

AMERICAN-STYLE OPTION (अमेरिकन-स्टाइल ऑप्शन)

वह ऑप्शन अनुबंध, जिसे क्रय से समाप्ति की तारीख के बीच कभी भी प्रयोग किया जा सके। एक्सचेंज में ट्रेड होनेवाले अधिकांश ऑप्शंस अमेरिकन-स्टाइल होते हैं।

AMORTIZATION (परिशोधन)

किसी देयता को निश्चित समयावधि के दौरान नियमित भुगतान द्वारा धीरे-धीरे कम करते जाना। यह भुगतान इतना पर्याप्त होना चाहिए कि इसमें मूल व ब्याज राशि दोनों आ जाएँ।

ANNUAL PERCENTAGE RATE (A.P.R.) (वार्षिक प्रतिशत दर)

ऋण की प्रतिवर्ष कुल लागत, जिसमें ब्याज राशि तथा अधिकांश या पूर्ण फीस शामिल हो।

ANNUAL PERCENTAGE YIELD (A.P.Y.) (वार्षिक प्रतिशत प्राप्ति)

किसी निवेश द्वारा प्रतिवर्ष अर्जित की जानेवाली कुल आय। साधारणत: ए.पी.वाई. वह नकद राशि होती है, जो मनी मार्केट फंड या बचत खाते या शेयर अथवा बॉण्ड से प्राप्त रिटर्न का हिस्सा हो और जिससे मूल पूँजी में भी बढ़ोतरी अनुभव हो।

ANNUAL REPORT (वार्षिक रिपोर्ट)

कॉर्पोरेशन द्वारा वर्ष भर में फाइल किए वित्तीय परिणामों और परिचालन से संबंधित वर्षांत लेखा परीक्षित रिपोर्ट। इस रिपोर्ट में कंपनी की वित्तीय स्थिति, वैध देयताएँ और भावी योजनाओं संबंधी जानकारी रहती है। शेयरधारक वार्षिक रिपोर्ट की प्रतिलिपि को कॉर्पोरेशन से नि:शुल्क प्राप्त कर सकते हैं।

ANNUAL REPORT (MUTUAL FUND) (वार्षिक रिपोर्ट, म्यूचुअल फंड)

वह रिपोर्ट, जो किसी फंड के प्रदर्शन व परिचालन से संबंधित संक्षिप्त विवरण प्रदान करे। एस.ई.सी. की इस रिपोर्ट को शेयरधारकों के बीच कम-

से-कम अर्धवार्षिक वितरण हेतु धन की आवश्यकता होती है।

ANNUALIZED RETURNS (वार्षिक रिटर्न)

निर्दिष्ट वर्षों के भीतर किसी निवेश पर प्राप्त रिटर्न। इस गणना से यह जाना जाता है कि यदि विनिर्दिष्ट समयावधि में प्राप्त संचयी रिटर्न को प्रत्येक वर्ष में समान रूप से विभाजित कर दिया जाए तो निवेशक को प्रतिवर्ष कितनी धनराशि प्राप्त होगी।

APPRECIATION FUNDS (अनुपालन फंड्स)

वे फंड, जिन्हें उन स्टॉक्स में निवेश किया जाता है, जिनके मूल्य में काफी वृद्धि होने की उम्मीद हो।

ARBITRAGE (अंतरपणन)

विभिन्न बाजारों में ट्रेड होनेवाली प्रतिभूति के भाव में अंतर से हुआ मुनाफा।

ARMS INDEX-TRADING INDEX (TRIN) (आर्म्स इंडेक्स-ट्रेडिंग इंडेक्स—टी.आर.आई.एन.)

तकनीकी विश्लेषण में उपयोग होनेवाला बाजार सूचकांक। इसकी गणना ऐसे की जाती है—

$$\text{आर्म्स इंडेक्स} = \frac{(\text{बढ़ते इश्यू की संख्या/घटते इश्यू की संख्या})}{(\text{कुल बढ़त संख्या/कुल न्यून संख्या})}$$

इसमें 1 से कम मूल्य आने को तेजी और 1 से अधिक को मंदी माना जाता है।

ARREARAGE (अविशिष्ट देय/बकाया)

किसी बॉण्ड या अधिमानित शेयर का अतिदेय (ओवरड्यू) ब्याज या लाभांश।

ASIAN FUNDS (एशियाई फंड्स)

वे फंड, जिनका लक्ष्य मुख्य रूप से एशिया में स्थित कंपनियों के स्टॉक हैं। ये फंड उन निवेशकों को आकर्षित करते हैं, जो एशियाई कंपनियों की संभावनाओं को लेकर तेजड़िए होते हैं और इस बढ़त का लाभ उठाना चाहते हैं।

ASIAN OPTION (एशियाई विकल्प)

वह ऑप्शन, जिसकी चुकौती किसी निर्दिष्ट समयावधि के भीतर आधारभूत प्रतिभूति के औसत मूल्य पर निर्भर करती है।

ASK (ASKED PRICE) (आस्क—वांछित कीमत)

वह सबसे न्यूनतम लॉट भाव, जिस पर दलाल प्रतिभूति बेचता है।

ASK PRICE (MUTUAL FUNDS) (वांछित कीमत, म्यूचुअल फंड्स)

इसे 'ऑफरिंग प्राइस' भी कहा जाता है। वांछित कीमत वह भाव है, जिस पर म्यूचुअल फंड्स के शेयर को खरीदा जा सकता है। वांछित कीमत की गणना, फंड के मौजूदा प्रति शेयर निवल आस्ति मूल्य में उसके विक्रय शुल्क (यदि कोई हो) को जोड़कर की जाती है।

ASSIGNMENT (समनुदेशन)

ऑप्शन राइटर द्वारा दिए गए एक्सरसाइज नोटिस की रसीद, जो आधारभूत प्रतिभूति को किसी विशिष्ट नियत कीमत पर विक्रय (कॉल की स्थिति में) या क्रय (पुट की स्थिति में) करने हेतु आवश्यक है।

ASSESSMENT BOND (मुआवजा बॉण्ड)

म्यूनिसिपल बॉण्ड, जो विशिष्ट परियोजनाओं में उपयोग होता हैं। इसकी चुकौती परियोजना से लाभान्वित होनेवालों से एकत्रित करके उपयोग द्वारा की जा सकती है। इसे स्पेशल-पर्पज बॉण्ड भी कहते हैं।

ASSET ALLOCATION FUNDS (आस्ति विनिधान फंड्स)

वे फंड्स, जिनमें किसी भी समय स्टॉक्स, बॉण्ड और नकद का इष्टतम मिश्रण प्रदान कर सकें।

AT-THE-MONEY (बाजार भाव पर)

कोई ऑप्शन बाजार भाव पर तभी होता है, जब उस ऑप्शन की नियत कीमत उस आधारभूत प्रतिभूति के बाजार भाव के बराबर होगी। उदाहरण के लिए, यदि किसी कंपनी का शेयर 100 रुपए ट्रेड हो रहा हो तो कंपनी का 100 रुपए का ऑप्शन बाजार भाव पर होगा।

AUCTION (TREASURY) नीलामी (राजकोष)

देश के केंद्रीय बैंक द्वारा नियमित अंतराल पर नए बिल, नोट्स और बॉण्ड्स जारी करना।

AUTOMATIC INVESTMENT (स्वतः निवेश)

शेयरधारक सेवा, जो शेयरधारक के बैंक खाते से म्यूचुअल फंड खाते में आवधिक हस्तांतरण की अनुमति देती है।

AVERAGE/INDEX (औसत/सूचकांक)

इसे सूचकांक भी कहा जाता है। यह एक गणितीय गणना है, जो प्रतिभूति समूह के मूल्य की सूचक होती है। कुछ अति लोकप्रिय औसत में निफ्टी,

डोव जोन्स इंडस्ट्रियल एवरेज (डी.जे.आई.) तथा न्यूयॉर्क स्टॉक एक्सचेंज कंपोजिट शामिल हैं।

AVERAGE LIFE (औसत जीवन)

वह अनुमानित समय, जिसमें बंधक-समर्थित प्रतिभूतियाँ परिपक्व होनी हैं।

AVERAGE MATURITY (औसत परिपक्वता अवधि)

किसी म्यूचुअल फंड में रखी प्रतिभूतियों की परिपक्वता का औसत समय। ब्याज दरों में परिवर्तन का लंबे औसत जीवन वाले फंड्स पर अधिक प्रभाव पड़ता है।

AVERAGE VOLUME (औसत परिमाण)

औसत परिमाण की गणना के लिए पिछले तीन माह के कुल परिमाण को उस अवधि के कुल कारोबारी दिवसों की संख्या से भाग करते हैं। इन दैनिक परिमाणों की तुलना कर यह देखा जाता है कि प्रतिभूति पर ब्याज बढ़ रहा है या घट रहा है।

AWAY FROM THE MARKET (बाजार से दूर)

लिमिट ऑर्डर में ऐसा क्रय आदेश, जो मौजूदा बाजार भाव से कम हो या ऐसा विक्रय आदेश, जो मौजूदा बाजार भाव से अधिक हो। ऐसे आदेश यदि फिल-ऑर-किल प्रकार के न हों तो इनका निष्पादन बाद में किया जाता है।

□

B

BACK-END LOAD (बिक्री के समय देय प्रभार)

विशिष्ट प्रतिशत शुल्क, जो म्यूचुअल फंड शेयरों के मोचन के समय लिया जाता है।

BALANCE SHEET (बैलेंस शीट/तुलन-पत्र)

यह फर्म की आस्तियों, देयताओं और कुल संपत्ति (स्वामित्व) के संदर्भ में उसकी वित्तीय स्थिति को प्रतिबिंबित करता है। बाईं तरफ (अस्तियों) का योग, दाईं तरफ (देयताएँ + शेयरधारकों की इक्विटी) के बराबर होनी चाहिए, जिससे विवरणिका में संतुलन बना रहे।

BALANCED FUNDS (बैलेंस्ड फंड्स)

वे म्यूचुअल फंड्स, जिन्हें निवेशकों की आय और वृद्धि हेतु शेयरों तथा बॉण्ड दोनों में निवेश किया जाता है।

BANKER'S ACCEPTANCE (बैंकर की स्वीकृति)

लघु-अवधि उधार निवेश, जिसका सृजन गैर-वित्तीय फर्म और भुगतान के लिए बैंक की गारंटी द्वारा होता है। स्वीकारी गई हुंडियाँ सेकंडरी बाजार में फेस वैल्यू से कम पर ट्रेड होती हैं और मनी मार्केट फंडों में काफी लोकप्रिय हैं।

BANKRUPTCY (दिवालिया)

कर्ज चुकाने में अक्षमता की वित्तीय स्थिति। दिवालिया कानून के द्वारा या तो कॉर्पोरेट व्यापारों का पुनर्गठन या तरलता और आस्तियों द्वारा कुछ बकायादारों के भुगतान हेतु बनाया गया था।

BASIS (आधार)

किसी प्रतिभूति या अस्ति को हासिल करने के लिए निवेशक द्वारा किया गया कुल भुगतान। इसका उपयोग अस्तियों के बेचने पर हुए पूँजीगत लाभ या हानि को निर्धारित करने में किया जाता है।

BASIS POINT (आधार अंक)

एक प्रतिशत का सौवाँ भाग, या 0.01 प्रतिशत। उदा. ब्याज दरों का 6 प्रतिशत से 5.5 प्रतिशत तक कमी का मतलब 50 आधार अंकों की गिरावट होना है।

BEAR (मंदड़िए)

निराशावादी निवेशक, जो किसी शेयर या पूरे बाजार के गिरने की आशा लगाए हों।

BEAR MARKET (मंदी का बाजार)

ऐसा बाजार, जहाँ शेयरों के भाव में आमतौर पर गिरावट हो।

BEAR RAID (बियर रेड)

वह परिस्थिति, जहाँ कारोबारी किसी प्रतिभूति के भाव नीचे करने के प्रयास में शॉर्ट सेलिंग करें।

BEARER SECURITIES (धारक प्रतिभूतियाँ)

वे प्रतिभूतियाँ, जिनकी स्वामित्व सूची जारीकर्ता के पास नहीं होती। लाभांश या ब्याज भुगतान अपने आप नहीं होता, बल्कि इनका दावा करने के लिए सर्टिफिकेट के साथ दिए कूपनों को काटना और लौटाना होता है।

BED AND BREAKFAST DEAL (ब्रेड एंड ब्रेकफास्ट डील)

इसका अर्थ एक शेयर को बेचना और दूसरे दिन उसे पुनः खरीद लेना है। ऐसा करने का कारण कर बचाने के लिए हानि व लाभ का संतुलन बनाना होता है।

BENCHMARK INDEX (बेंचमार्क इंडेक्स)

वह संकेतक, जिसका उपयोग फंड के प्रदर्शन की तुलना और मूल्यांकन में किया जाता है। भारत में इक्विटी-आधारित फंडों में सबसे आम बेंचमार्क निफ्टी और सेंसेक्स हैं।

BENEFICIAL OWNER (लाभकारी स्वामी)

वह प्रतिभूति स्वामी, जो उसके स्वामित्व से संबंधित सभी लाभ लेने का अधिकारी है। ग्राहकों की प्रतिभूतियाँ अकसर ग्राहक की बजाय ब्रोकरेज फर्म के नाम रजिस्टर्ड होती हैं; लेकिन इसका वास्तविक या लाभकारी स्वामी ग्राहक ही होता है।

BEST 3-MONTH RETURN (3 माह के सबसे बेहतर रिटर्न)

किसी फंड की बीते पाँच वर्षों में हर तिमाही के परिणाम का सबसे बेहतर तिमाही रिटर्न।

BETA (बीटा)

बीटा, बाजार सूचकांक के सापेक्ष स्टॉक रिटर्न में उतार-चढ़ाव का आकलन करता है। उदाहरण के लिए, 1.3 बीटा इस बात का सूचक है कि स्टॉक में इसी दिशा में निफ्टी से 30 प्रतिशत आगे बढ़ने का रुख है। अत: यदि निफ्टी 10 प्रतिशत चढ़ता है तो स्टॉक में 13 प्रतिशत की बढ़ोतरी होगी; लेकिन यदि एस एंड पी 10 प्रतिशत गिरता है तो शेयरों में 13 प्रतिशत की गिरावट आएगी। साधारण शब्दों में, उच्च बीटा निवेश में अधिक जोखिम को दरशाता है।

BID (बोली)

वह उच्चतम भाव, जो ग्राहक किसी प्रतिभूति को खरीदने हेतु देने के लिए तैयार है।

BID/ASK SIZE (बिड/आस्क साइज)

ग्राहक उद्धृत बोली भाव पर जितने शेयर खरीदना चाहता है और उद्धृत माँग भाव पर जितने शेयर बिकने के लिए प्रस्तावित हैं।

BLOCK (ब्लॉक)

किसी प्रतिभूति के शेयरों की बड़ी संख्या—आमतौर पर 10,000 से अधिक, जिसे एक बार में खरीदा गया हो। ऐसा आमतौर पर संस्थागत निवेशकों द्वारा किया जाता है।

BLOW-OFF TOP (ब्लो-ऑफ टॉप)

भाव में तीव्र और लगातार बढ़त के बाद भाव में तीव्र और लगातार गिरावट आना। यह संकेतक चार्ट में देखा जा सकता है और यह शेयर के भाव एवं बाजार के रुख के तकनीकी आकलन में उपयोग होता है।

BLUE-CHIP (ब्लू चिंप)

आय सृजन व लाभांश देने में अच्छी साख वाली कंपनी के शेयरों हेतु पारिभाषिक शब्द।

BOND (बॉण्ड)

1. डेब्ट साधन—वह प्रतिभूति, जो किसी कॉर्पोरेशन, सरकारी या किसी अन्य संस्था के डेब्ट का प्रतिनिधित्व करती हो। बॉण्ड आमतौर पर दीर्घावधिक प्रकृति के होते हैं (5 से 30 साल), जो निवेशक को किसी विशेष तारीख को चुकाए जाते हैं।
2. सरकार या कॉर्पोरेशन में किया गया निवेश, जिसे ऋण जैसा बनाया गया हो। इसमें अंतर यह होता है कि भुगतान ऋण प्रदाता संस्थान की जगह व्यक्तिगत रूप से बॉण्डधारक को किया जाता है। अधिकांश बॉण्डों का तुलनात्मक रूप से कम जोखिमवाला होना तथा नियमित व तय आय देना इसे सेवानिवृत्ति और निवेश से जीवन-यापन करनेवाले अन्य लोगों के लिए आकर्षक बनाता है।

BOND FUND (बॉण्ड फंड)

एक प्रकार के म्यूचुअल फंड, जो बॉण्ड औरं अधिमानित शेयरों में निवेश करते हैं, जिससे कम जोखिम पर स्थिर आय प्राप्त हो सके।

BOOK ENTRY (बही प्रविष्टि)

राजकोष या अन्य प्रतिभूतियों के स्वामित्व का इलेक्ट्रॉनिक रिकॉर्ड।

BOOK VALUE (बही मूल्य)

बैलेंस शीट का वह मूल्य, जिसे संपत्ति मूल्यों में से कुल देयताओं को घटाकर निकाला जाता है और फिर साझा शेयरों की संख्या से भाग दिया जाता है।

BOARD OF DIRECTORS (निदेशक मंडल)

कॉर्पोरेशन के शेयरधारकों द्वारा कॉर्पोरेशन के प्रबंधन की देख-रेख के लिए चुने गए लोग। निदेशक मंडल के सदस्यों को नकद और/या शेयरों में भुगतान किया जाता है और वे हर वर्ष कई बार मिलते हैं। कुछ निदेशक एक से अधिक कंपनियों के बोर्ड में अपनी सेवाएँ देते हैं।

BREADTH OF THE MARKET (बाजार का हिस्सा)

किसी कारोबारी दिवस में बढ़ने व गिरनेवाले शेयरों की संख्या का पैमाना।

BREAKOUT (ब्रेकआउट)

किसी प्रतिभूति के भाव में प्रतिरोध स्तर (आमतौर पर इसका पिछला उच्चतम भाव) से अधिक वृद्धि या समर्थन स्तर (आमतौर पर पिछला न्यूनतम भाव) से कम होना। ब्रेकआउट को समान दिशा में गति जारी रखने का संकेत माना जाता है।

BREAKPOINT (ब्रेकपॉइंट)

ओपन-एंड म्यूचुअल फंड में क्रय किया गया वह शेयर, जो इतना बड़ा हो कि खरीदार को न्यून विक्रय प्रभार का अधिकारी बना सके। फंड विभिन्न ब्रेकपॉइंट स्थापित करता है, जिसमें से प्रत्येक में प्रभार घटाया जाता है।

BULL (तेजड़िए)

वे आशावादी निवेशक, जिन्हें बाजार या किसी प्रतिभूति के भाव बढ़ने की उम्मीद हो।

BULL MARKET (तेज बाजार)

वह बाजार, जहाँ प्रतिभूतियों के भाव आमतौर पर चढ़ रहे हों।

BULLISH (तेजी)

प्रतिभूति के भाव चढ़ने के लिए उपयोग होनेवाला पारिभाषिक शब्द।

BUY-IN (बाय-इन)

जब प्रतिभूति विक्रेता निपटान हेतु प्रतिभूति देने में असफल रहता है तो ब्रोकर दी जानेवाली प्रतिभूतियों को खुले बाजार से खरीदता है और इसमें होनेवाली हानि को विक्रेता के खाते से पूरा किया जाता है।

BUY/WRITE (बाय/राइट)

एक उन्नत ऑप्शन ऑर्डर, जो क्रय को प्रतिभूति तथा विक्रय को संबद्ध कॉल विकल्पों से जोड़ता है।

BUYER'S OPTION (CONTRACT) क्रेता विकल्प (अनुबंध)

वह निपटान, जिसकी डिलीवरी और भुगतान क्रेता द्वारा बताई दिवस संख्या के अनुसार होता है।

BUYING POWER (क्रय शक्ति)

मार्जिन खाते में ग्राहक की मार्जिनेबल प्रतिभूतियों की वह अधिकतम संख्या, जिससे ग्राहक अतिरिक्त फंड जमा किए बिना खरीद या सेल शॉर्ट कर सकता है।

BUYOUT (नियंत्रण हेतु खरीद)

किसी कंपनी के स्टॉक की हित नियंत्रण (या शेयर प्रतिशत) करने योग्य खरीदारी।

□

C

CALL (कॉल)

वह ऑप्शन अनुबंध, जिससे धारक को ऑप्शन खरीदने का अधिकार (लेकिन यह दायित्व नहीं है) मिल जाता है और यह राइटर का दायित्व होता है कि वह इस आधारभूत आस्ति में से नियत भाव पर विशिष्ट संख्या में शेयरों का विक्रय अनुबंध की समापन तारीख को या इससे पूर्व करे।

CALL DATE (कॉल डेट)

वह तारीख, जिसको कॉलेबल (प्रतिदेय) बॉण्ड्स परिपक्वता से पूर्व ही मोचन योग्य हो जाते हैं।

CALL PROTECTION (कॉल प्रोटेक्शन)

बॉण्ड के कॉल होने पर निवेशक को प्राप्त सुरक्षा स्तर। आमतौर पर इसकी गणना उस दिन से लेकर कॉल डेट के बीच की वर्ष संख्या होती है।

CALL SPREAD (कॉल स्प्रेड)

एक साथ क्रय एवं विक्रय क्ररनेवाला वह कॉल ऑप्शन कॉण्ट्रेक्ट, जिसमें आधारभूत प्रतिभूति वही हो, लेकिन इनकी समापन तारीख और प्रायोगिक मूल्य में से कोई एक या दोनों भिन्न हों।

CALLABLE (प्रतिदेय)

कुछ बॉण्ड्स या संपरिवर्तनीय प्रतिभूतियों की प्रतिभूति विशेषता, जो जारीकर्ता को वास्तविक परिपक्वता तारीख के पूर्व ही इश्यू के मोचन की अनुमति देती है। यदि मौजूदा ब्याज दरें प्रतिभूति के लिए चुकाई प्राप्ति (यील्ड) से नीचे आ जाती हैं तो जारीकर्ता के लिए सबसे अच्छा यही है कि वह कॉल द्वारा प्रतिभूति का मोचन करे और इसे नई कम दर पर पुनः हासिल करे। प्रतिभूति स्वामी के इस जोखिम को दरशाने के लिए प्रायः प्रतिदेय (कॉलेबल) प्रतिभूति का भाव गैर-प्रतिदेय प्रतिभूति से कम होता है।

CALLABLE BOND (प्रतिदेय बॉण्ड)

वह बॉण्ड, जिसके बारे में जारीकर्ता निर्दिष्ट परिपक्वता तारीख से पहले ही मोचन का फैसला ले सकता है। कॉल डेट और कॉल प्राइस हमेशा दिए रहते हैं। प्रतिदेय बॉण्ड आमतौर पर गैर-प्रतिदेय बॉण्ड से कम पर ट्रेड करता है।

CAPITAL EXPENDITURES (पूँजीगत व्यय)

किसी निश्चित अवधि के दौरान दीर्घावधिक आस्ति, जैसे जमीन, संयंत्र या उपकरणों को प्राप्त करने के लिए किया गया व्यय।

CAPITAL GAIN (पूँजीगत अभिलाभ)

वह राशि, जिससे किसी आस्ति का विक्रय भाव उसके मूल खरीद भाव से अधिक हो जाए। प्राप्त पूँजीगत अभिलाभ वह निवेश है, जिसे मुनाफे पर बेचा गया है। अप्राप्त पूँजीगत अभिलाभ वह निवेश है, जिसे यदि बेचा जाए तो उसका परिणाम मुनाफा होगा। आई.आर.एस. म्यूचुअल फंड, बॉण्ड, ऑप्शंस, मकान और व्यापार को बेचने से प्राप्त पूँजीगत अभिलाभ पर पूँजीगत अभिलाभ कर वसूल करता है।

CAPITAL GROWTH (पूँजीगत संवृद्धि)

निवेश में हुई मूल्य वृद्धि, जिसका कारण उसका भाव बढ़ना या उससे हुए मुनाफे को पुन: निवेशित करना हो।

CAPITALIZATION (पूँजीकरण)

किसी कंपनी द्वारा जारी सभी शेयरों व बॉण्ड्स का कुल मूल्य।

CAPITAL LOSS (पूँजीगत हानि)

किसी निवेश या आस्ति का मूल्य कम होना। यह पूँजीगत संवृद्धि का विलोम है।

CAPITAL STOCK (पूँजीगत स्टॉक)

किसी कॉर्पोरेशन के साधारण और अधिमानित स्टॉक्स।

CASH FLOW (नकदी प्रवाह)

कई बार इसे 'नकद उपार्जन' भी कहा जाता है। ये मूल्य-ह्रास, परिशोधन तथा गैर-नकद प्रभारों से पूर्व का शुद्ध उपार्जन है, जो कंपनी की ऋण शोधन क्षमता (सॉल्वेंसी) निर्धारित करने में उपयोगी होता है। नकदी प्रवाह की गणना के लिए मूल्य-ह्रास को कुल आय में जोड़ने के बाद इसे अधिमानित लाभांश में से घटा देते हैं।

CASH DIVIDEND (नकद लाभांश)

कंपनी के शेयरधारकों को नकद में किया जानेवाला भुगतान। यह राशि प्राय: कॉर्पोरेशन की लाभप्रदता और निदेशक मंडल के निर्णय पर आधारित होती है। इसे कराधान आय माना जाता है।

CASH AND EQUIVALENTS (नकदी और समतुल्य)

कंपनी की आस्तियों का वह मूल्य, जिसे तुरंत नकद में परिवर्तित किया जा सकता है। इन आस्तियों में प्राय: बैंक खाते और तरल विपणन प्रतिभूतियाँ (लिक्विड मार्केटेबल सिक्यूरिटीज) होती हैं, जैसे सरकारी बॉण्ड और बैंकों की स्वीकृतियाँ शामिल रहती हैं।

CERTIFICATE (सर्टिफिकेट)

वह इलेक्ट्रॉनिक या भौतिक दस्तावेज, जो शेयर एवं बॉण्ड के स्वामित्व को दरशाता है।

CHANGES IN FINANCIAL POSITION (वित्तीय स्थिति में परिवर्तन)

परिचालन द्वारा भीतर से प्राप्त वे फंड स्रोत, जो कंपनी की नकद प्रवाह स्थिति को परिवर्तित कर देते हैं; जैसे—मूल्य-ह्रास, आस्थगित कर, अन्य स्रोत और पूँजीगत व्यय।

CHIEF EXECUTIVE OFFICER (C.E.O.) मुख्य कार्यकारी अधिकारी (सी.ई.ओ.)

वह सबसे उच्च पदस्थ व्यक्ति, जो कॉर्पोरेशन के दैनिक परिचालन का प्रबंधन करता है। इसकी नियुक्ति निदेशक मंडल द्वारा होती है।

CLASS (वर्ग)

एक ही प्रकार के ऑप्शंस, एक ही प्रकार की प्रतिभूतियों पर कॉल और पुट।

CLEARING CORPORATIONS (समाशोधन निगम)

वह वितरण केंद्र, जो अपनी सदस्य ब्रोकरेज फर्मों के लिए परिचालित

होता है। जो एक्सचेंज के साथ काम करते हुए व्यापार तुलना, समझौता और समनुदेशन प्रक्रिया को व्यवस्थित करता है।

CLIENT (ACCOUNT) STATEMENT ग्राहक (लेखा) विवरण

ग्राहक की पोजीशन और गतिविधियों का विवरण, जिसे हर तिमाही पर भेजना आवश्यक है; मगर यदि खाते में मासिक गतिविधियाँ हों तो इसे प्रतिमाह भेजना होता है।

CLIFFING (क्लिफिंग)

एक निवेश रणनीति, जो पोर्टफोलियो में बॉण्ड्स को इस तरह संयोजित करती है, जिससे वे सब एक साथ परिपक्व हो जाएँ।

CLOSE (बंद भाव)

किसी कारोबारी दिवस में प्रतिभूतियों के अंतिम सौदे का भाव।

CLOSED-END FUNDS (क्लोज्ड-एंड फंड)

वह म्यूचुअल फंड, जिसमें शुरुआती प्रस्ताव के बाद कोई नए शेयर नहीं निकाले जाते। फंड के शेयरों को केवल प्रतिभूति लेन-देन के दौरान ही खरीदा या बेचा जा सकता है। इन क्लोज्ड-एंड फंड का निवेश पेशेवर सक्रिय प्रबंधन कर सकता है।

CLOSING PURCHASE (अंतिम क्रय)

वह सौदा, जिसमें क्रेता की मंशा शॉर्ट ऑप्शन पोजीशन से बचना या कम करना होती है (बाय टू क्लोज)।

CLOSING SALE (अंतिम विक्रय)

वह सौदा, जिसमें क्रेता की मंशा लॉन्ग ऑप्शन पोजीशन से बचना या कम करना होती है (सेल टू क्लोज)।

CLOSING TRANSACTION (अंतिम सौदा)

ऑप्शन अनुबंध, जिसका निष्पादन सौदे को पूरा करने के लिए होता है। इसे पूरा करने के लिए (क्लोज) धारक विक्रय करता है, जबकि राइटर इसे पूरा करने के लिए क्रय करता है।

COLLATERAL TRUST BOND (संपार्श्विक न्यास बॉण्ड)

ऋण पत्र, जिसे एक कॉर्पोरेशन जारी करता है और दूसरे कॉर्पोरेशन की प्रतिभूतियाँ इसका समर्थन करती हैं।

COMBINATION (कॉम्बिनेशन)

वह ऑप्शन रणनीति, जिसमें एक ही अधिमानित प्रतिभूति के विभिन्न नियत भावों और/या समाप्ति तिथि पर विक्रय या क्रय के पुट और कॉल शामिल रहते हैं।

COMBINATION ORDER (कॉम्बिनेशन ऑर्डर)

वह आदेश, जिसमें एक के बाद एक अधिमानित प्रतिभूति की कॉल द्वारा खरीद और पुट द्वारा बिक्री या पुट द्वारा खरीद और कॉल द्वारा बिक्री की जाती है।

COMMERCIAL PAPER (वाणिज्यिक पत्र)

कॉर्पोरेशनों द्वारा जारी किया जानेवाला लघु-आवधिक ऋण-पत्र। इसे जारी करते समय ब्याज दरें तय होती हैं और इन्हें तभी प्राप्त किया जा सकता है, जब इसे परिपक्वता तक रखा जाए।

COMMISSION (कमीशन)

वह शुल्क, जो ब्रोकर को ट्रेड निष्पादन या निवेश पोर्टफोलियो प्रबंधन के लिए चुकाया गया है। यह कमीशन प्रभार ब्रोकरेज की प्रकृति पर निर्भर करता है। यह प्रतिभूतियों के प्रकार, ट्रेड किए गए शेयरों की संख्या या प्रतिभूति के डॉलर मूल्य पर आधारित हो सकता है।

COMMON EQUITY (कॉमन इक्विटी)

शेयरधारक की कॉमन स्टॉक में योगदान देनेवाली इक्विटी संख्या। कॉमन इक्विटी में प्राय: सममूल्य पर कॉमन स्टॉक, अधिक पूँजी और प्रतिधारित उपार्जन शामिल रहते हैं।

COMMON STOCK (कॉमन स्टॉक)

किसी कॉर्पोरेशन में स्वामित्व को दरशाने के लिए जारी प्रतिभूति। आम शेयरधारक प्रबंधन चुनाव में वोट, कॉर्पोरेट निर्णयों में भागीदारी और लाभांश प्राप्त कर सकते हैं।

COMPARISON (मिलान)

दो ब्रोकरेज फर्मों के बीच सौदे की रूपरेखा तैयार करने के लिए हुआ पत्र-व्यवहार। यह मिलान समाशोधन सहयोग या प्रति-ट्रेड आधार पर हो सकता है।

COMPETITIVE TENDER (प्रतिस्पर्धी निविदा)

नए ट्रेजरी बिल, नोट या बॉण्ड खरीदने की वह पद्धति, जिसमें निवेशक उस प्राप्ति (यील्ड) को निर्दिष्ट करता है, जिस पर वह प्रतिभूति खरीदना चाहता है।

CONFIRMATION (पुष्टि)

प्रतिभूति सौदे की पावती, जिससे निवेशक को निपटान तारीख, शर्तें, भाव और कमीशन जैसी जानकारियाँ मिलती हैं।

CONSENT TO LOAN AGREEMENT (ऋण समझौते के लिए सहमति)

वह अनुबंध मार्जिन, जिस पर ग्राहक के हस्ताक्षर करने से दलाली फर्म ग्राहक की प्रतिभूतियों को अपने आपको या दूसरी फर्मों को दे सकती है।

CONSIDERATION (प्रतिफल)

किसी सौदे का द्रव्य मूल्य, जिसमें कमीशन जोड़ने के पूर्व शेयर संख्या को भाव से गुणा कर निकाला जाता है।

CONSTANT-DOLLAR INVESTMENT (स्थिर-डॉलर निवेश)

बचत खाते और नकद बाजार निधि जैसी प्रतिभूतियाँ, जिनके भावों में उतार-चढ़ाव नहीं आता।

CONSUMER PRICE INDEX (C.P.I.) (उपभोक्ता मूल्य सूचकांक)

एक मुद्रास्फीति संकेतक, जिसे साझा वस्तुओं एवं सेवाओं की फिक्स्ड बास्केट की बढ़ती भाव गतिविधियों को दरशाने के लिए हर माह प्रकाशित किया जाता है।

CONTINGENT DEFERRED SALES CHARGE (C.D.S.C.) (आनुषंगिक अस्थगित विक्रय प्रभार)

वह शुल्क संरचना, जो म्यूचुअल फंड्स से बाहर निकलनेवाले निवेशक पर विक्रय प्रभार लागू करती है।

CONTRACTUAL PLAN (संविदागत योजना)

संचय योजना का एक प्रकार, जिसमें म्यूचुअल फंड्स निवेशक किसी निर्दिष्ट राशि को निर्दिष्ट अवधि के लिए निवेशित करने को दृढ़ प्रतिबद्ध होता है।

CONTROL PERSON (नियंत्रक व्यक्ति)

निदेशक, अधिकारी या जारीकर्ता से संबंधित कोई अन्य व्यक्ति या शेयरधारक, जो अदत्त शेयरों में से कम-से-कम 10 प्रतिशत का स्वामी हो।

CONTROL SECURITIES (नियंत्रित प्रतिभूतियाँ)

नियंत्रक व्यक्ति के स्वामित्ववाली प्रतिभूतियाँ।

CONVERTIBLE ISSUE (संपरिवर्तनीय इश्यू)

एक सुरक्षा फीचर, जिससे इश्यू धारक को किसी और इश्यू, प्रायः आम शेयर में परिवर्तन का विकल्प मिल जाता है। इस सुविधा को केवल एक बार उपयोग किया जा सकता है।

CONVERTIBLE PREFERRED STOCK (संपरिवर्तनीय अधिमानित शेयर)

वह अधिमानित स्टॉक, जिसे निर्दिष्ट भाव या दर पर साधारण स्टॉक में परिवर्तित किया जा सकता है।

COOLING-OFF PERIOD (विराम अवधि)

शेयर बाजार में किसी नए इश्यू के रजिस्ट्रेशन विवरण को जमा करने से लेकर उसके प्रस्ताव की प्रभावी तारीख तक के बीच की अवधि।

CORNER A MARKET (बाजार घेराबंदी)

किसी शेयर के भावों में जोड़-तोड़ करने के लिए उसकी आपूर्ति के बड़े हिस्से को खरीद लेना।

CORPORATE BONDS (निगमित बॉण्ड्स)

वे बॉण्ड्स, जिन्हें कॉर्पोरेशन पूँजी जुटाने के लिए जारी करती है।

CORPORATION/COMPANY (कॉर्पोरेशन/कंपनी)

व्यापारिक संस्थान का सबसे आम प्रारूप, जो राज्य द्वारा स्थापित और इसके स्वामियों से अलग व्यक्तित्व के तौर पर कानूनीं अधिकार प्राप्त होता है। कॉर्पोरेशनों की विशेषता हस्तांतरणीय स्टॉक के शेयर जारी करना, इसके स्वामी के दायित्वों को सीमित करना और अपने स्वामी से इतर जीवन प्रदान करना है।

COUPON (कूपन)

(1) बीयरर स्टॉक सर्टिफिकेट का अलग हो सकनेवाला हिस्सा, जिसे लाभांश में बदला जा सके। (2) स्थिर ब्याज प्रतिभूति की ब्याज दर। 5 प्रतिशत कूपन का अर्थ प्रतिभूति के अंकित मूल्य पर वर्ष में 5 प्रतिशत ब्याज मिलना है।

COUPON YIELD (कूपन प्राप्ति)

बॉण्ड के कूपन भुगतान को सम मूल्य से भाग दें। इसे 'नॉमिनल यील्ड' भी कहते हैं।

COVER (कवर)

कंपनी द्वारा जितनी भी बार लाभांश भुगतान किया जाता है, वह कवर होता है। इसकी गणना के लिए कंपनी के लाभांश वितरण हेतु मौजूद कुल शुद्ध लाभ को वास्तविक प्रदत्त राशि से भाग दिया जाता है।

COVERED CALL (कवर्ड कॉल)

वह शॉर्ट कॉल ऑप्शन पोजीशन, जहाँ राइटर के कॉल ऑप्शन बेचने के साथ-ही-साथ ऑप्शन कॉण्ट्रेक्ट में उल्लिखित शेयर संख्या का स्वामी बन जाता है। कवर्ड कॉल से राइटर का जोखिम कम हो सकता है, क्योंकि वह डिलीवर की जानेवाली प्रतिभूतियों को पहले ही खरीद चुका होता है।

COVERED PUT (कवर्ड पुट)

वह पुट ऑप्शन पोजीशन, जिसमें ऑप्शन राइटर के पास वे स्टॉक्स शॉर्ट होते हैं। इससे ऑप्शंस राइटर का जोखिम कम हो जाता है, क्योंकि इस पुट का उपयोग शॉर्ट स्टॉक पोजीशन को कवर करने में किया जा सकता है।

CREDIT AGREEMENT (ऋण अनुबंध)

वह अनुबंध, जिससे ब्रोकर और ग्राहक के बीच मार्जिन खाते के संबंध में ऋण व्यवस्था की रूपरेखा तय होती है।

CREDIT BALANCE (ऋण संतुलन)

ग्राहक के नकद या मार्जिन खाते में मौजूद राशि। शॉर्ट सेल में यह शेष राशि की देनदारी ग्राहक पर होती है।

CREDIT RISK (ऋण जोखिम)

वह जोखिम, जो निवेश गिरने पर बॉण्ड जारीकर्ता की चुकौती की क्षमता को प्रभावित करता है। आमतौर पर बॉण्ड रेटिंग फर्में इस जोखिम के कारण उस बॉण्ड को जारी करनेवाली कंपनी या सरकार की क्रेडिट रेटिंग घटा देती हैं। इससे बॉण्ड की यील्ड बढ़ाई जाती है, जो बॉण्ड से संबंधित बढ़े हुए जोखिम को औचित्यपूर्ण बना देती है।

CUMULATIVE DIVIDENDS (संचयी लाभांश)

यह अधिमानित शेयरों की विशेषता है, जिनमें धारक भुगतान अवधि बीत जाने के बावजूद उस लाभांश को लेने का हकदार रहता है, जो कंपनी के खराब प्रदर्शन के कारण उसे नहीं मिले थे। इस संचित लाभांश का भुगतान आम शेयरधारकों को दिए जानेवाले किसी भी लाभांश से पहले करना होता है।

CUMULATIVE PREFERRED STOCK (संचयी अधिमानित शेयर)

अधिमानित शेयरों की सुविधा, जिसमें धारक समय पर न दिए गए लाभांश को देर से भुगतान पाने का हकदार रहता है। यह संचित लाभांश आम शेयरधारकों को कोई भी अन्य लाभांश देने से पहले भुगतान किया जाना चाहिए।

CURRENT ASSETS (चालू आस्तियाँ)

वे तरल आस्तियाँ, जिन्हें 12 माह के भीतर नकद में परिवर्तित किया जा सकता है। इनमें नकद, विपणन योग्य प्रतिभूतियाँ, प्राप्त राशि तथा माल शामिल होते हैं।

CURRENT INCOME (वर्तमान आय)

निवेश द्वारा अर्जित नियमित आय (यह पूँजीगत संवृद्धि के विपरीत है)।

CURRENT LIABILITIES (चालू देयताएँ)

लेखा-पद्धति का परिभाषित शब्द, जो उन दायित्वों का वर्णन करता है, जिन्हें 12 महीने के भीतर भुगतान करना आवश्यक है। इनमें देय खाते, लघु-आवधिक ऋण और दीर्घावधिक ऋण का ब्याज आदि शामिल हैं।

CURRENT MATURITY (वर्तमान परिपक्वता अवधि)

किसी बॉण्ड के परिपक्व होने तक की शेष वर्ष संख्या।

CURRENT RATIO (चालू अनुपात)

लघु–आवधिक ऋण–भुगतान क्षमता का सूचक है। इसे वर्तमान आस्तियों को वर्तमान देयताओं से भाग देकर निकाला जाता है। यह रेशियो जितनी उच्च होगी, कंपनी उतनी ही अधिक तरल होगी।

CURRENT SHARE PRICE (वर्तमान शेयर भाव)

शेयरों का हालिया बाजार भाव।

CURRENT YIELD (वर्तमान प्राप्ति)

बॉण्ड की वास्तविक प्राप्ति, जिसे बॉण्ड के सेकंडरी बाजार के मौजूदा भाव द्वारा निर्धारित किया जाता है। वर्तमान प्राप्ति की गणना कूपन को बॉण्ड के वर्तमान बाजार भाव से भाग देकर की जाती है। उदाहरण के लिए, एक बॉण्ड, जिसकी फेस वैल्यू 1,000 रुपए हो और 5 प्रतिशत कूपन हो, जिसे 900 रुपए में खरीदा जाए तो उसकी वर्तमान प्राप्ति 6.56 प्रतिशत (50/900) होगी। जब भी बॉण्ड का बाजार भांव गिरेगा, उसकी वर्तमान प्राप्ति बढ़ जाएगी। इसके विपरीत, जब बाजार भाव चढ़ेंगे तो वर्तमान प्राप्ति कम हो जाएगी।

CYCLICALS (चक्रीय)

वे स्टॉक्स, जिनके प्रदर्शन पर व्यापारिक चक्र का भारी प्रभाव पड़ता है। इसका एक उदाहरण कृषि उद्योग है, जहाँ मौसम परिवर्तन के साथ ही बिक्री में भी परिवर्तन आ जाता है।

□

D

DATED DATE (दिनांकित तारीख)

वह दिन, जब से नए जारी बॉण्ड पर ब्याज मिलना आरंभ होता है।

DAY ORDER (डे ऑर्डर)

वह ऑर्डर, जो दिन की शुरुआत के साथ खुले और कारोबारी दिवस के बंद होने पर समाप्त हो।

DAY TRADE (दैनिक ट्रेडिंग)

एक ही प्रतिभूति का एक ही दिन में क्रय और विक्रय करना।

DEALER (व्यापारी)

वह व्यक्ति या प्रतिभूति फर्म जैसी सत्ता, जो प्रतिभूति उत्पादों का क्रय और विक्रय करे तथा इन्वेंटरी भी रखती हो।

DEBENTURES (डिबेंचर्स)

एक सामान्य प्रकार का कॉर्पोरेट बॉण्ड, जिसे अकसर पुनर्गठन से गुजर रही फर्में जारी करती हैं। डिबेंचरों को केवल जारीकर्ता की साख गुणवत्ता या 'नेकनामी' का सहारा होता है। संपार्श्विक न होने से ये बॉण्ड अत्यधिक जोखिम भरे होते हैं और इसलिए इनमें आस्ति समर्थित बॉण्ड्स के मुकाबले कहीं अधिक रिटर्न का प्रस्ताव होता है।

DEBIT BALANCE (ऋण शेष)

मार्जिन खाते में ऋण की रकम।

DEBT/EQUITY RATIO (डेब्ट/इक्विटी रेशियो)

कर्जदाता द्वारा प्रदान की गई आस्तियों और शेयरधारकों द्वारा प्रदान की गई आस्तियों की तुलना करना। इसकी गणना के लिए दीर्घावधिक ऋण को आम शेयरधारकों की इक्विटी से भाग दिया जाता है और यह वित्तीय लीवरेज के रूप में कार्य करता है।

DECILE RANK (डेसिल रैंक)

किसी म्यूचुअल फंड के प्रदर्शन की 1 से 10 के पैमाने पर रेटिंग। एक का अर्थ है कि उस म्यूचुअल फंड का रिटर्न तुलनात्मक रूप से फंड्स में शीर्ष 10 प्रतिशत में है, जबकि 10 का अर्थ है कि वह सबसे खराब 10 प्रतिशत में शामिल है।

DECLARATION DATE (घोषणा तिथि)

वह तारीख, जब फर्म के सभी निदेशक मिलते हैं और अगले लाभांश भुगतान की तारीख और राशि की घोषणा करते हैं।

DEED OF TRUST (न्यास का विलेख)

न्यास अनुबंध उस समय बनाया जाता है, जब एक कॉर्पोरेशन बॉण्ड्स या अन्य डेब्ट प्रतिभूतियाँ जारी करने की योजना बनाता है। इनमें आस्तियों, ब्याज भुगतान, परिपक्वता तारीख आदि से संबंधित सूचनाएँ शामिल रहती हैं।

DEFAULT (चूक)

जारीकर्ता का डेब्ट प्रतिभूति के ब्याज भुगतान में असफल रहना। ट्रेजरी प्रतिभूतियों को चूक-मुक्त माना जाता है।

DEFENSIVE STOCKS (रक्षित स्टॉक)

वे स्टॉक, जो भाव बाजार में गिरावट के बावजूद स्थिर बने रहते हैं। रक्षित स्टॉक आमतौर पर उन उद्योगों के होते हैं, जिन पर मंदी का अधिक प्रभाव नहीं पड़ता, जैसे खाद्य व उपयोगिता कंपनियाँ।

DEFERRED (INCOME) TAXES आस्थगित (आय) कर

किसी अवधि के दौरान आवंटित वह धनराशि, जो उन देयताओं के लिए होती है, जिनका अभी भुगतान न हुआ हो।

DELIVERY BALANCE ORDER (D.B.O.) (सुपुर्दगी शेष आदेश)

समाशोधन कॉर्पोरेशन द्वारा किसी ऐसी फर्म को जारी आदेश, जिनकी सुपुर्दगी या विक्रय पोजीशन दैनिक ट्रेडिंग के बाद भी बाकी हो।

DEPOSITORY (निक्षेपागार)

वह केंद्रीयकृत स्थान, जहाँ प्रतिभूतियों का धन जमा किया जाता है।

DEPOSITORY TRUST COMPANY (D.T.C.) (निक्षेपागार न्यास कंपनी)

यह बैंकों और ब्रोकरेज फर्मों के स्वामित्ववाला ऐसा कॉर्पोरेशन है, जो प्रतिभूतियों का धारक है, उनकी प्राप्ति और सुपुर्दगी की व्यवस्था करता है और निपटान भुगतान की व्यवस्था करता है।

DEPRECIATION (मूल्य-ह्रास)

मूल्य-ह्रास गैर-नकद प्रभार है, जो क्षय, उम्र या अप्रचलन के कारण स्थिर आस्तियों के मूल्य में गिरावट को दरशाता है।

DERIVATIVE (डेरिवेटिव)

वे प्रतिभूतियाँ, जिनका मूल्य किसी अंतर्निहित स्टॉक, बॉण्ड, मुद्रा या बंधक से निकाला गया या संबंधित है।

DERIVATIVE SECURITY (डेरिवेटिव प्रतिभूति)

ऑप्शन या फ्यूचर जैसी वे वित्तीय प्रतिभूतियाँ, जिनका मूल्य आंशिक रूप से किसी दूसरी प्रतिभूति के मूल्य से निकाला जाता हो। उदाहरण के लिए, एक ऑप्शन अनुबंध का भाव आधारभूत स्टॉक के बाजार भाव से निकट से जुड़ा होता है।

DIAGONAL SPREAD (डायग्नल स्प्रेड)

एक ही श्रेणी के, लेकिन भिन्न प्रयोग भाव और भिन्न समापन तारीखवाले ऑप्शंस का स्प्रेड।

DIFFERENTIAL (डिफरेंशियल)

किसी विषम लॉट ऑर्डर के विक्रय भाव में से घटाया जानेवाला और क्रय भाव में जोड़ा जानेवाला बिंदु अंश। यह प्रभार विषम लॉट ऑर्डर के निष्पादन में डीलर/विशेषज्ञ के प्रतिफल को दरशाता है।

DILUTION (डाइल्यूशन)

नए शेयर जारी होने पर प्रति शेयर आधिकारिक आय के अनुपात में कमी आना।

DIRECTOR (निदेशक)

कॉर्पोरेट बोर्ड सदस्य, जिसे शेयरधारकों ने चुना हो, जिससे वे कॉर्पोरेट नीतियों को स्थापित करने समेत प्रबंधन टीम का चयन और लाभांशों का भुगतान कर सकें।

DISCOUNT (छूट)

जब किसी नई जारी हुई प्रतिभूति का बाजार मूल्य उसके निर्गम मूल्य (इश्यू प्राइस) से कम हो।

DISCOUNT BOND (डिस्काउंट बॉण्ड)

वे बॉण्ड, जो अपनी फेस वैल्यू से कम भाव पर बेचे जा रहे हों। बॉण्ड्स को छूट पर तब बेचा जाता है, जब बॉण्ड के कूपन उस जैसे निवेश के प्रचलित भावों से कम हों।

DISCOUNT RATE (छूट की दर)

वह ब्याज दर, जिस पर सदस्य बैंक देश के केंद्रीय बैंक से लघु आवधिक फंड ले सकते हों।

DISPOSABLE INCOME (प्रयोज्य आय)

प्रयोज्य आय वह कुल धनराशि है, जो नियमित खर्चों और निवेश अवसरों—दोनों के लिए उपलब्ध हो। इसकी गणना कर कटौती के बाद उपलब्ध आमदनी के रूप में की जाती है।

DISTRIBUTIONS (वितरण)

लाभांश या पूँजीगत लाभ का भुगतान करना। शेयरधारकों के बीच साल में कम-से-कम एक बार लाभ (यदि हुआ हो) के वितरण हेतु धन की आवश्यकता होती है।

DIVERGENCE (अंतर)

जब दो या इससे अधिक औसत या सूचकांक भिन्न दिशाओं में गति करते हुए बाजार का रुख दरशाने में असफल रहें।

DIVERSIFICATION (विविधीकरण)

निवेश को विविध भाँति की प्रतिभूतियों में विभाजित करना, जिससे जोखिम को कम या पूरी तरह खत्म किया जा सके।

DIVIDENDS (लाभांश)

कॉर्पोरेशन की आय का हिस्सा, जो शेयरधारकों को प्रति शेयर के आधार पर चुकाया जाता है। माना जाता है कि अधिमानित स्टॉक नियमित व निर्धारित लाभांश राशि देंगे। साधारण स्टॉक्स कंपनी द्वारा निश्चित की गई अलग मात्रा की धनराशि का भुगतान करते हैं।

DIVIDEND REINVESTMENT (लाभांश पुनर्निवेश)

शेयरधारकों के लाभांश को कंपनी स्टॉक के अधिक शेयर खरीदने में स्वत: पुनर्निवेश करना। ऐसा अकसर बिना कमीशन चुकाए किया जाता है।

DIVIDEND REINVESTMENT PLAN (लाभांश पुनर्निवेश योजना)

शेयरधारकों के लाभांश का कंपनी के अधिक शेयर खरीदने में बिना कमीशन चुकाए स्वत: पुनर्निवेश करना। लाभांश पुनर्निवेश योजना में शेयरधारकों को दीर्घावधिक लागत औसत पर पूँजी संचित करने की अनुमति होती है।

DIVIDEND YIELD (FUNDS) लाभांश प्राप्ति (फंड्स)

उस प्राप्ति (यील्ड) की सूचक है, जो बीते वर्ष में म्यूचुअल फंड के शेयर की रिटर्न का प्रतिनिधित्व करता है।

DIVIDEND YIELD (STOCKS) लाभांश प्राप्ति (शेयर)

उस प्राप्ति (यील्ड) की सूचक है, जो वार्षिक लाभांश को वर्तमान स्टॉक भाव से भाग देने को दरशाती है।

DIVIDENDS PER SHARE (लाभांश प्रति शेयर)

बीते वर्ष भुगतान किए गए लाभांश को शेष साधारण शेयरों की संख्या से भाग देना। शेष शेयरों की संख्या ज्ञात करने के लिए निर्दिष्ट वर्ष के दौरान शेष शेयरों का भारित औसत निकाला जाता है।

DOLLAR COST AVERAGING (डॉलर लागत औसत करना)

म्यूचुअल फंड्स में उपयोग होनेवाली वह निवेश रणनीति, जिसके द्वारा ग्राहक फंड के प्रदर्शन की परवाह किए बिना उसमें समय-समय पर निश्चित धनराशि निवेश करते रहते हैं। चूँकि म्यूचुअल फंड्स में आंशिक शेयरों को खरीदने की अनुमति होती है, इसलिए फंड के भाव नीचे रहने पर इस निश्चित धनराशि द्वारा शेयर खरीद लिये जाते हैं और कुछ शेयर तब खरीदे जाते हैं, जब उनका भाव बढ़ने लगता है।

DO-NOT-REDUCE (D.N.R.) (डू-नॉट-रिड्यूस)

वह ऑर्डर निर्देश, जिसमें ब्रोकर को भाव को कॉर्पोरेशन द्वारा कभी भी भुगतान की जानेवाली लाभांश राशि से कम न करने का आदेश दिया जाता है।

DOUBLE TAXATION (दोहरा कराधान)

कॉर्पोरेशन लाभांश भुगतान से पूर्व ही कमाई पर कर अदा कर देता है, तत्पश्चात् शेयरधारक इस पर एक बार पुनः कर देते हैं। चूँकि लाभांश को कर योग्य आय माना जाता है, इसलिए इसे 'दोहरा कराधान' कहते हैं।

DOWNGRADE (उतार की ओर)

किसी श्रेणीकृत प्रतिभूति की रेटिंग में नकारात्मक परिवर्तन होना।

DOWNTICK (डाउनटिक)

सूचीबद्ध इक्विटी का वह सौदा, जो पिछली बिक्री से कम भाव पर हो।

DRAG ON RETURNS (DRAG GRADE) ड्रैग ऑन रिटर्न (ड्रैग ग्रेड)

विक्रय प्रभारों, वार्षिक खर्चों और पोर्टफोलियो टर्नओवर से रिटर्न पर पड़नेवाला नकारात्मक प्रभाव।

DUE DILIGENCE (MEETING) समुचित सावधानी (बैठक)

प्रतिभूतियों को जारी करने के पूर्व कॉर्पोरेट अधिकारियों और अंडरराइटर्स के बीच हुई बैठक। इन बैठकों के दौरान प्रॉस्पेक्टस के विषयों पर विस्तार सहित चर्चा होती है, जिससे यथार्थता सुनिश्चित की जा सके।

DURATION (अवधि)

निवेश के मूल धन को वापस पाने में लगनेवाली समयावधि। इसे बॉण्ड या बॉण्ड फंड में जोखिम के अंश को मापने में उपयोग किया जाता है। अवधि में आपको यह ज्ञात हो जाता है कि अपने मूल धन को वापस पाने में आपको कितना समय लग जाएगा। यदि किसी बॉण्ड या बॉण्ड फंड की अवधि छह वर्ष है, तो ब्याज दरों में 1 प्रतिशत की गिरावट से उसका मूल्य 6 प्रतिशत बढ़ जाएगा, जबकि ब्याज दरों में 1 प्रतिशत की वृद्धि उसके भाव को 6 प्रतिशत कम कर देगी।

□

E

EARNINGS (उपार्जन)

रिपोर्टिंग अवधि के दौरान कंपनी की शुद्ध आय।

EARNINGS BEFORE INTEREST AND TAXES (E.B.I.T.) (ब्याज और कर पूर्व उपार्जन)

किसी फर्म के उपार्जन प्रदर्शन का वह पैमाना, जो ऋण चुकौती या कर नियमों के अधीन नहीं होता। इसकी गणना बेची गई वस्तुओं की लागत और आम खर्चों में से राजस्व घटाने के बाद की जाती है।

EARNINGS BEFORE INTEREST, TAXES, DEPRECIATION AND AMORTIZATION (E.B.I.T.D.A.) (ब्याज, कर, मूल्य-ह्रास एवं परिशोधन से पहले का उपार्जन)

इसे 'ऑपरेटिंग कैशफ्लो' के नाम से भी जाना जाता है। ई.बी.आई.टी.डी.ए. की गणना बिक्री लागत और परिचालन व्यय को राजस्व में से घटाकर की जाती है। जैसा कि नाम से जाहिर है, ई.बी.आई.टी.डी.ए. में ब्याज, कर, मूल्य-ह्रास और ऋण परिशोधन की लागत पर ध्यान नहीं दिया जाता।

EARNINGS GROWTH%(उपार्जन संवृद्धि प्रतिशत)

यह फंड में स्टॉक की एक वर्षीय उपार्जन संवृद्धि दर का भारित औसत है। इस गणना में उन स्टॉक्स को छोड़ दिया जाता है, जिनका उपार्जन हानि

से लाभ में परिवर्तित हुआ हो और वे स्टॉक्स, जिनका उपार्जन लाभ 999.99 प्रतिशत से अधिक हो।

EARNINGS PER SHARE (E.P.S.) (प्रति शेयर उपार्जन)

शुद्ध आय को शेष साधारण स्टॉक संख्या से भाग दें।

EARNINGS REPORT (उपार्जन रिपोर्ट)

कंपनी द्वारा हर तिमाही या वार्षिक जारी की जानेवाली कॉर्पोरेट फाइनेंशियल स्टेटमेंट, जिसमें सभी तरह के आय एवं व्यय के साथ ही लाभ व हानि का भी ब्योरा दिया जाता है।

EARNINGS YIELD (उपार्जन प्राप्ति)

फिक्स्ड इंटरेस्ट डेब्ट पर कर और ब्याज भुगतान के बाद वर्तमान शेयर भाव पर प्रति शेयर उपार्जन का रेशियो। इसकी गणना के लिए कुल बारह महीनों की आय को शेष शेयरों की संख्या से भाग देकर इन्हें वर्तमान भाव से भाग दिया जाता है और इसे 100 से गुणा करते हैं।

E.C.N. (ई.सी.एन.)

इलेक्ट्रॉनिक कम्यूनिकेशन नेटवर्क। वह इलेक्ट्रिक प्रणाली, जो क्रेताओं और विक्रेताओं को कारोबार के इलेक्ट्रिक निष्पादन हेतु मिलवाती है। ई.सी.एन. द्वारा कारोबार करने से निवेशक को होनेवाले लाभों में कारोबार-समयोत्तर ट्रेडिंग, मार्केट मेकर्स (और उनके स्प्रेड) से बचाव तथा गोपनीयता (जो बड़े सौदों में अकसर आवश्यक होती है) शामिल होते हैं।

EFFECTIVE DATE (प्रभावी तारीख)

किसी नए इश्यू का विराम अवधि के बाद का वह पहला दिन, जब प्रतिभूति को पेश किया जा सकता है।

ENDORSEMENT (परांकन)

स्टॉक सर्टिफिकेट या चेक जैसे किसी परक्राम्य लिखत (नेगोशिएबल इंस्ट्रूमेंट) के पीछे हुए हस्ताक्षर, जो आगे लिखे नाम से मिलते हों, जिससे वह दस्तावेज परक्राम्य हो जाता है।

EQUIPMENT TRUST BONDS (उपकरण न्यास बॉण्ड्स)

कुछ कॉर्पोरेशनों द्वारा जारी किए डेब्ट इंस्ट्रूमेंट, जो विमान, लोकोमोटिव या माल-वाहक कारों जैसे उपकरणों द्वारा समर्थित होते हैं।

EQUITY (इक्विटी)

किसी कंपनी में साधारण या अधिमानित स्टॉक के रूप में आम शेयरधारकों के मालिकाना हक का परिमाण।

EQUITY-INCOME FUNDS (इक्विटी-इनकम फंड्स)

वे म्यूचुअल फंड्स, जो उन बड़ी कंपनियों के स्टॉक पर केंद्रित रहते हैं, जो अधिक लाभांश देती हों।

EQUITY OPTIONS (इक्विटी ऑप्शंस)

एक ऑप्शंस अनुबंध, जो धारक को स्टॉक में से विनिर्दिष्ट संख्या में शेयरों को विनिर्दिष्ट भाव पर विनिर्दिष्ट समयावधि से पहले खरीदने या बेचने का अधिकार देता है। एक ऑप्शन में आमतौर पर 100 शेयरों का स्टॉक होता है।

ESTIMATED E.P.S. GROWTH (अनुमानित ई.पी.एस. वृद्धि)

बाजार विशेषज्ञों का औसत आकलन द्वारा प्रति शेयर उपार्जन वृद्धि का अनुमान है।

EUROPEAN-STYLE OPTION (यूरोपियन-स्टाइल ऑप्शन)

वह ऑप्शन अनुबंध, जिसे केवल समाप्ति तारीख को ही प्रयोग किया जा सकता है।

EXCHANGE (एक्सचेंज)

वह बाजार, जिसमें स्टॉक, बॉण्ड, ऑप्शंस, फ्यूचर्स और कॉमोडिटियों का लेन-देन होता है। प्रमुख स्टॉक एक्सचेंजों में हैं—न्यूयॉर्क स्टॉक एक्सचेंज (एन.वाई.एस.ई.), नैस्डेक, लंदन स्टॉक एक्सचेंज।

EXCHANGE TRADED FUND (E.T.F.) (एक्सचेंज ट्रेडिड फंड)

एक प्रकार का फंड, जो सूचकांक या सोने के अनुसार चलता है; लेकिन इसे स्टॉक की तरह ट्रेड किया जा सकता है।

EX-DIVIDEND DATE (लाभांश रहित तारीख)

1. वह दिन, जब प्रतिभूति के भाव को लाभांश भुगतान को दरशाते हुए कम कर दिया जाता है।
2. वह पहला दिन, जब प्रतिभूति का क्रेता हाल ही में घोषित लाभांश भुगतान लेने का हकदार नहीं रह जाता।

EXECUTION (निष्पादन)

प्रतिभूति का सौदा पूर्ण होना।

EXERCISE (प्रयोग करना)

ऑप्शनधारक का अपनी प्रतिभूति को खरीदने (कॉल ऑप्शन) या बेचने (पुट ऑप्शन) का अधिकार प्रयोग करना।

EXERCISE PRICE (प्रयोग मूल्य)

वह स्वीकृत प्रति शेयर भाव, जिस पर धारक और ऑप्शन कॉण्ट्रेक्ट राइटर के बीच आधारभूत आस्ति का सौदा होता है। इसे स्ट्राइक प्राइस (नियत भाव) भी कहा जाता है।

EXPENSE RATIO (खर्च अनुपात)

फंड में खर्च हुई परिचालन लागत, प्रबंधन फीस, प्रशासनिक फीस और सभी अन्य लागत, जो फंड की कुल आस्तियों के प्रतिशत के तौर पर अभिव्यक्त होती है।

EXPIRATION (समापन)

वह दिन, जब ऑप्शन अनुबंध अमान्य हो जाता है।

EXPIRATION CYCLE (समापन चक्र)

वह त्रैमासिक चक्र, जिसमें किसी प्रतिभूति, विशेष प्रतिभूति का ऑप्शन समाप्त होता है। ऑप्शंस इन तीन चक्रों में से किसी एक में हो सकते हैं— जनवरी चक्र (जनवरी, अप्रैल, जुलाई, अक्तूबर), फरवरी चक्र (फरवरी, मई, अगस्त, नवंबर) या मार्च चक्र (मार्च, जून, सितंबर, दिसंबर)

EXPIRATION DATE (समापन तारीख)

वह अंतिम दिन, जब ऑप्शन को अमेरिकन स्टाइल ऑप्शन के तौर पर प्रयोग किया जा सकता है। यूरोपियन ऑप्शंस में केवल इसी तारीख को ऑप्शंस का प्रयोग किया जा सकता है।

EXPIRATION MONTH (समापन माह)

जिस माह में ऑप्शंस या फ्यूचर्स अनुबंध समाप्त होता है।

EX-RIGHTS DATE (अधिकार-रहित तारीख)

वह तारीख, जिसके बाद से स्टॉक्स को बिना सबस्क्रिप्शन अधिकार के ट्रेड किया जा सकता है।

EXTENDED MATURITY (अवधि-वर्धित बॉण्ड)

एक प्रावधान, जिसके तहत बॉण्ड स्वीकृत परिपक्वता के बाद भी ब्याज देता रहता है।

EX-WARRANTS DATE (वारंट-रहित तारीख)

वह तारीख, जिसके बाद ट्रेड हुआ स्टॉक वितरित किए जाने पर वारंट का हकदार नहीं रहता।

□

F

FAST MARKET (तेज बाजार)

वह बाजार स्थिति, जहाँ किसी विशेष प्रतिभूति के कुछ ही समय में बड़े पैमाने पर ऑर्डर प्राप्त हो जाएँ और यह गति मार्केट मेकर्स के प्रभावशाली ढंग से सँभालने से तेज हो। आमतौर पर ऐसे हालात किसी ऐसी अनपेक्षित खबर का परिणाम होते हैं, जो भावों को अस्थिर कर सकती है।

FILL OR KILL (FOK) (फिल ऑर किल)

वह आदेश-निर्देश, जिसमें पूर्ण आदेश मात्रा को निर्दिष्ट भाव पर तुरंत निष्पादन का अनुरोध किया गया हो। ऐसा न होने पर आदेश स्वत: रद्द हो जाएगा।

FISCAL AGENT (फिस्कल एजेंट)

नई एजेंसी प्रतिभूतियों को जारी करने के लिए जिम्मेदार अधिकारी।

FISCAL YEAR (राजकोषीय वर्ष)

बारह माह की वह अवधि, जिसमें व्यापारी और सरकार अपने वित्तीय रिकॉर्ड व्यवस्थित रखते हैं। यह चक्र अनिवार्यत: कैलेंडर वर्ष में नहीं आता, इसलिए इसे राजकोषीय वर्ष के तौर पर भी जाना जाता है।

FIXED ANNUITY (नियत वार्षिक भत्ता)

अनुबंध के तहत तय अवधि के दौरान प्रतिवर्ष निर्दिष्ट निश्चित धनराशि का गारंटीकृत भुगतान।

FLAT (फ्लैट)

वह प्रतिभूति स्थिति, जिसका पोर्टफोलियो न तो लॉन्ग हो, न ही शॉर्ट।

FLAT (BONDS) फ्लैट (बॉण्ड्स)

जो बॉण्ड बिना उपचित ब्याज के ट्रेड कर रहा हो, उसे 'फ्लैट' ट्रेड होना कहते हैं।

FLOOR BROKER (फ्लोर ब्रोकर)

एक्सचेंज सदस्य को एक्सचेंज फ्लोर पर व्यापार करने की अनुमति देना।

FLOTATION (फ्लोटेशन)

कंपनी के वे शेयर, जो बाजार में पहली बार पेश हुए हों।

FRACTIONAL SHARES (फ्रैक्शनल शेयर)

इक्विटी का वह भाग, जो पूरे एक शेयर से कुछ कम हो। फ्रैक्शनल शेयर आमतौर पर स्टॉक स्पिलिट, लाभांश पुनर्निवेश योजना (ड़ी.आर.आई.पी.) और इसी तरह की कॉर्पोरेट गतिविधियों से प्राप्त होते हैं। साधारणत: फ्रैक्शनल शेयरों को बाजार से हासिल नहीं किया जा सकता।

FREE CASH FLOW (मुक्त नकदी प्रवाह)

मुक्त नकदी प्रवाह की गणना करने के लिए परिचालित नकद प्रवाह में से पूँजीगत व्यय और लाभांश को घटाना होता है। मुक्त नकदी प्रवाह का उपयोग लाभांश के भुगतान, स्टॉक के बायबैक या ऋण चुकाने में किया जा सकता है।

FREE CASH FLOW PER SHARE
(मुक्त नकदी प्रवाह प्रति शेयर)

मुक्त नकदी प्रवाह को साधारण शेष शेयरों की संख्या से भाग दें।

FREE STOCK (मुक्त शेयर)

वे प्रतिभूतियाँ, जिन्हें ऋण के लिए उपयोग किया जा सकता है।

FRIENDLY TAKEOVER (मित्रवत् अधिग्रहण)

वह अधिग्रहण, जिसे लक्षित कंपनी के प्रबंधन और बोर्ड सदस्यों का समर्थन हो।

FROZEN ACCOUNT (अवरोधित खाता)

वह खाता, जो अतीत में समय पर भुगतान करने में असफल रहा हो, जिसके चलते उसे 90 दिनों तक सभी खरीद हेतु पहले से नकद में भुगतान करना आवश्यक है।

FULLY DILUTED EARNINGS PER SHARE
(फुली डाइल्यूटिड अर्निंग्स पर शेयर)

सभी शेष परिवर्तनीय प्रतिभूतियों और वारंटों को प्रयोग करने के बाद अभिव्यक्त प्रति शेयर उपार्जन।

FULLY DILUTED SHARES OUTSTANDING
(फुली डाइल्यूटिड शेयर आउटस्टैंडिंग)

साधारण स्टॉक, वारंट और परिवर्तनीय प्रतिभूतियों समेत सभी शेष शेयर।

FULLY PAID SECURITIES LENDING
(पूर्णतः चुकता प्रतिभूति ऋणदान)

वह रणनीति, जिसके उपयोग से निवेशक अपने पोर्टफोलियो में अतिरिक्त

आमदनी कमाना चाहता है। प्रतिभूति ऋणदान तब होता है, जब कोई व्यक्ति पूर्णतः चुकता प्रतिभूतियों को किसी वित्तीय संस्थान (ऋण लेनेवाले) को अस्थायी तौर पर उधार देता है। आमतौर पर यह सौदा किसी समाशोधन फर्म जैसे मध्यस्थ द्वारा करवाया जाता है। सभी पक्षकारों के बीच ऋण अनुबंध (मास्टर सिक्यूरिटीज लैंडिंग एग्रीमेंट) होता है, जिसमें सभी पक्षों के अधिकार तय होते हैं और सभी सौदों को नियंत्रित करते हैं।

FUND EXCHANGE (निधि परिवर्तन)

एक म्यूचुअल फंड निवेश को एक फंड में से उसी म्यूचुअल फंड परिवार के दूसरे फंड में परिवर्तित करने की योग्यता।

FUND FAMILY (निधि परिवार)

उन म्यूचुअल फंड्स का समूह, जो किसी एक कंपनी द्वारा प्रबंधित होते हों।

FUNDAMENTAL ANALYSIS (मूलभूत विश्लेषण)

प्रतिभूति मूल्यांकन पद्धति, जिसमें कंपनी के वित्त और परिचालन, विशेष रूप से बिक्री, उपार्जन, वृद्धि संभावना, आस्तियाँ/ऋण अनुपात, प्रबंधन और प्रतिस्पर्धा का विश्लेषण करना शामिल है। इस मूल्यांकन पद्धति द्वारा कंपनी के तात्त्विक मूल्य को खोजा और बाजार में कम मूल्यांकन वाले स्टॉक को ढूँढ़ा जाता है।

FUTURES (फ्यूचर्स)

किसी कंमोडिटी या फाइनेंशियल इंस्ट्रूमेंट को निश्चित भाव पर पूर्व निर्धारित तारीख पर खरीदने या बेचने का अनुबंध।

FUTURES CONTRACT (फ्यूचर्स अनुबंध)

वह समझौता, जिसके तहत किसी निश्चित स्टॉक के निर्धारित संख्या में शेयरों को पूर्व निश्चित आगामी माह में सौदा करनेवाले दोनों पक्षों द्वारा स्वीकार्य भाव पर बेचा या खरीदा जाता है। ऐसे कॉण्ट्रेक्ट खुद फ्यूचर्स मार्केट में ट्रेड होते हैं। फ्यूचर्स कॉण्ट्रेक्ट और ऑप्शन कॉण्ट्रेक्ट में यही अंतर है कि फ्यूचर्स कॉण्ट्रेक्ट वास्तविक लेन-देन का समझौता है, जबकि ऑप्शन कॉण्ट्रेक्ट खरीदने व बेचने का अधिकार है।

□

G

GEARING (कर्ज-भार)

कंपनी का कर्ज, जो उसके इक्विटी कैपिटल प्रतिशत में अभिव्यक्त होता है।

GENERAL OBLIGATION (G.O.) BOND (जनरल ऑब्लिगेशन बॉण्ड)

म्यूनिसिपल बॉण्ड, जिसे इसे जारी करनेवाली म्यूनिसिपैलिटी का पूर्ण कर शक्ति समर्थन होता है।

GOOD DELIVERY (वस्तु सुपुर्दगी)

विक्रेता से ब्रोकर तक पहुँचनेवाली प्रतिभूतियाँ, जिन्हें क्रेता को सुपुर्दगी का समुचित समर्थन होता है।

GOOD-TILL-CANCELLED (G.T.C.) (गुड-टिल-कैंसल्ड)

वह ऑर्डर, जो निष्पादन या रद्द होने तक खुला रहता है।

GOODWILL (गुडविल)

कंपनी की अमूर्त आस्ति, जैसे मजबूत ब्रांड नाम या साख।

GOVERNMENT BOND (सरकारी बॉण्ड)

किसी देश की राज्य या केंद्र सरकार द्वारा जारी डेब्ट प्रतिभूति।

GROSS PROFIT (सकल लाभ)

विक्रय लागत में से कर घटाने के बाद प्राप्त शुद्ध बिक्री।

GROWTH AND INCOME FUNDS (ग्रोथ एंड इनकम फंड्स)

वे म्यूचुअल फंड्स, जिन्हें ऐसी कंपनी में निवेश किया जाए, जिसका उपार्जन बढ़ने की उम्मीद है, फिर चाहे वर्तमान आय-प्राप्ति के लिए भावी मुनाफे का त्याग ही क्यों न करना पड़े।

GROWTH STOCK (ग्रोथ स्टॉक)

उभरते युवा उद्योग में किसी कंपनी का स्टॉक।

□

H

HEAD & SHOULDERS (हेड एंड शोल्डर्स)

तकनीकी विश्लेषण का पारिभाषिक शब्द। इसमें चार्ट प्रारूप में स्टॉक प्राइस किस शीर्ष पर है तथा इसके बाद उसके दो छोटे शीर्ष और दोनों स्टॉक साइकिल के रेसिस्टेंस पॉइंट का उल्लेख होता है। कई बार यह प्रारूप ट्रेंड रिवर्सल की सूचना देता है। इसका यह नाम देखने में मनुष्य के सिर व कंधों जैसा होने के कारण रखा गया है।

HEDGE (हेज)

किसी प्रतिभूति में जोखिम को कम करने के लिए उससे संबंधित प्रतिभूति में ऑफसेटिंग पोजीशन लेना।

HIGH-YIELD BOND (हाई-यील्ड बॉण्ड)

हाई-यील्ड बॉण्ड उनमें से होते हैं, जिन्हें क्रेडिट रेटिंग प्रणाली में अच्छी श्रेणी नहीं मिलती। इनमें बॉण्ड्स में वित्तीय रूप से अच्छी कंपनियों के बॉण्ड्स के मुकाबले अधिक प्राप्ति प्रस्तावित होती है, जिससे वे अपने अधिक क्रेडिट जोखिम को न्यायोचित बनाते हैं।

HOLDING COMPANY (नियंत्रक कंपनी)

वह कॉर्पोरेशन, जिसके पास किसी दूसरी फर्म के पर्याप्त वोटिंग स्टॉक हों

और वे निदेशक मंडल के चुनाव को प्रभावित करते हुए प्रबंधन एवं परिचालन पर नियंत्रण हासिल कर सकें।

HOSTILE TAKEOVER (जबरन अधिग्रहण)

वह अधिग्रहण, जो लक्षित कंपनी के प्रबंधन और बोर्ड के सदस्यों की इच्छा के विरुद्ध किया जाए।

HOUSE MAINTENANCE CALL (हाउस मेंटेनेंस कॉल)

ब्रोकरेज फर्म द्वारा ग्राहक को अतिरिक्त फंड मुहैया करवाने का आग्रह करना, क्योंकि ग्राहक के मार्जिन खाते की इक्विटी ब्रोकर द्वारा तय की गई न्यूनतम राशि से नीचे चली गई है।

HOUSE REQUIREMENT (हाउस रिक्वायरमेंट)

वह न्यूनतम इक्विटी राशि, जो ब्रोकरेज फर्म के लिए ग्राहक द्वारा अपने खाते को बनाए रखने के लिए आवश्यक है। ऐसा करने में असफल रहने का परिणाम हाउस मेंटेनेंस कॉल के रूप में सामने आता है।

HYPOTHECATION (दृष्टि-बंधक/गिरवी रखना)

मार्जिन खाते में डेबिट बैलेंस बनाए रखने की अतिरिक्त आवश्यकता के कारण आस्तियों को गिरवी रखना।

□

I

IMMEDIATE-OR-CANCEL (I.O.C.) (इमीजिएट-ऑर-कैंसिल)

वह निष्पादन ऑर्डर, जिसमें निर्दिष्ट भाव पर तुरंत—जितने हो सकें, उतने अधिक शेयर खरीदने के निर्देश दिए गए हों, शेष बची धनराशि निरस्त हो जाएगी।

INCOME (आय)

ब्याज या लाभांश भुगतान द्वारा प्राप्ति निवेश का एक अंश। यह राशि व्यक्तिगत साधारण आय कर दरों के कराधीन होती है।

INCOME BONDS (आय बॉण्ड्स)

किसी कॉर्पोरेशन द्वारा खराब वित्तीय स्थिति में जारी किए बॉण्ड। इनके ब्याज का भुगतान केवल तभी होता है, जब जारीकर्ता उपार्जन करता है। ये बॉण्ड्स ऐसे सट्टा उपकरण होते हैं, जो अपने अत्यधिक जोखिम के बदले ब्याज की उच्च दर का भुगतान करते हैं।

INCOME FUNDS (आय फंड्स)

वे फंड्स, जो उन विभिन्न प्रतिभूतियों पर केंद्रित रहते हैं, जो उच्च ब्याज या लाभांश प्रदान करें।

INCOME STOCK (आय शेयर)

साधारण स्टॉक, जो असाधारण रूप से उच्च लाभांश प्रदान करते हैं।

INCOME STREAM (आय स्ट्रीम)

बॉण्ड्स की वह व्यवस्था रणनीति, जिससे सिलसिलेवार ढंग से भुगतान उत्पन्न होता रहे।

INDENTURE (करारनामा)

कॉर्पोरेट बॉण्ड के वे नियम और करार, जो आमतौर पर बॉण्ड सर्टिफिकेट के अगले हिस्से पर होते हैं।

INDEX FUND (इंडेक्स फंड)

वह म्यूचुअल फंड, जिसका पोर्टफोलियो एस एंड पी 500 या निफ्टी जैसे किसी सूचकांक से मेल खाता हो। इसके द्वारा फंड पूरे बाजार के प्रदर्शन को दरशाता है।

INDICATED DIVIDEND (सूचक लाभांश)

अगले 12 माह में होनेवाला प्रति शेयर लाभांश का अनुमान, यदि प्रत्येक लाभांश उतनी ही राशि का हो, जितने का हालिया लाभांश रहा है।

INDICATED YIELD (सूचक प्राप्ति)

वह प्राप्ति, जो हाल ही में मिले लाभांश के वार्षिक मूल्य पर आधारित हो।

INDUSTRY (उद्योग)

वह श्रेणी, जो किसी कंपनी की प्रमुख व्यापारिक गतिविधियों का वर्णन करती है। आमतौर पर इसका पैमाना कॉर्पोरेशन के राजस्व के व्यापक स्रोतों द्वारा निर्धारित होता है।

INFLATION (मुद्रास्फीति)

वह दर, जिस पर वस्तुओं एवं सेवाओं के मूल्य सामान्य स्तर से बढ़ जाते हैं। आमतौर पर इसका पैमाना उपभोक्ता मूल्य सूचकांक या उत्पाद मूल्य सूचकांक होता है।

INFLATION RISK (मुद्रास्फीति जोखिम)

वह जोखिम, जहाँ मुद्रास्फीति की दर बढ़ने से निवेश से प्राप्ति कम हो जाए।

INITIAL INVESTMENT (प्रारंभिक निवेश)

वह धनराशि, जो म्यूचुअल फंड में पहले निवेश हेतु आवश्यक है।

INITIAL PUBLIC OFFERING (I.P.O.) (इनीशियल पब्लिक ऑफरिंग)

कंपनी द्वारा जनता को बेचा गया पहला स्टॉक। आमतौर पर ऐसा युवा कंपनी अपने आगामी विस्तार व विकास हेतु पूँजी जुटाने के लिए करती है।

INSIDE INFORMATION (भेदी जानकारी)

कंपनी के बारे में वह प्रासंगिक जानकारी, जिसे अभी सार्वजनिक न किया गया हो। इस जानकारी के आधार पर निष्पादन या कारोबार करना अवैध होता है।

INSIDER (भेदिया)

वह व्यक्ति, जिसके पास कॉर्पोरेशन से जुड़ी गैर–सार्वजनिक जानकारी हो। आमतौर पर निदेशक व अधिकारियों को भेदिया माना जाता है, जिनकी आम जनता से पूर्व गैर–सार्वजनिक जानकारी तक पहुँच होती है।

INSIDER TRADING (भेदिया व्यापार)

शेयरों का अवैध विक्रय या क्रय, जो किसी ऐसे व्यक्ति ने किया हो, जो कंपनी की अंदरूनी जानकारी रखता है। उदाहरण के लिए, वह अधिकारी, जो इस बोध के साथ शेयर खरीदता है कि जल्द ही उसकी कंपनी नई खोज की घोषणा करने वाली है, तो यह अवैध भेदिया व्यापार को अंजाम देना है।

INSTITUTIONAL INVESTOR (संस्थागत निवेशक)

वे लोग, जिनके पास निवेश करने के लिए बड़ी मात्रा में धनराशि है, जैसे निवेश कंपनियाँ, म्यूचुअल फंड्स, ब्रोकरेज, बीमा कंपनियाँ तथा एंडोमेंट फंड्स। संपूर्ण बाजार में संस्थागत निवेशकों की भूमिका प्रमुख होती है।

INTEREST (ब्याज)

किसी तय अवधि के लिए धनराशि को उधार लेने पर लिया जानेवाला प्रभार।

INTEREST COVERAGE (ब्याज संरक्षण)

फर्म के ऋण पर ब्याज भुगतान की क्षमता का रेशियो पैमाना। इसकी गणना के लिए ब्याज और टैक्स पूर्व कुल उपार्जन को बॉण्ड्स और अन्य दीर्घावधिक ऋणों पर ब्याज व्यय से भाग देते हैं। अधिक रेशियो का मतलब चूक की कम संभावना होना है।

INTEREST EXPENSE (ब्याज व्यय)

किसी कॉर्पोरेशन द्वारा जारी की गई ऋण तथा डेब्ट प्रतिभूतियों के लिए चुकाया जा रहा ब्याज।

INTEREST RATE (ब्याज दर)

ऋणदाता द्वारा उधार दिए धन पर लिया जानेवाला मूल्य। इसमें अकसर

पूरी ऋण अवधि के लिए ब्याज दरें निश्चित स्तर पर स्थिर रहती हैं, हालाँकि समय के साथ उनमें बदलाव संभव है।

INTEREST RATE RISK (ब्याज दर जोखिम)

प्रचलित ब्याज दरों का आपकी निश्चित आय प्रतिभूतियों पर प्राप्त होनेवाली दरों से अधिक हो जाने का जोखिम। इससे आपकी प्रतिभूतियों का भाव कम हो जाएगा। बॉण्ड की अवधि जितनी लंबी होगी, ब्याज दर जोखिम उतनी ही अधिक होगी।

INTERIM DIVIDEND (अंतरिम लाभांश)

वित्त वर्ष के दौरान वार्षिक आय की गणना के पूर्व ही कंपनी द्वारा आंशिक लाभांश की घोषणा और वितरित करना, जो केवल निदेशकों द्वारा अधिकृत होता है।

INTERMEDIATE-TERM BONDS (इंटरमीडिएट-टर्म बॉण्ड्स)

वे बॉण्ड्स, जिनकी परिपक्वता चार से दस वर्ष की होती है।

INTERNATIONAL FUNDS (अंतरराष्ट्रीय निधि)

वे म्यूचुअल फंड्स, जो विदेशी कंपनियों में निवेश करते हैं।

INTERNAL RATE OF RETURN (I.R.R.) (आंतरिक प्रतिलाभ दर)

आंतरिक प्रतिलाभ दर (आई.आर.आर.) एक मीट्रिक है, जो पूँजीगत बजट में लाभप्रदता को मापने में उपयोग होता है। आंतरिक प्रतिलाभ दर (आई. आर.आर.) एक मीट्रिक है, जो संभावित निवेशों की लाभप्रदता को मापने में उपयोग होता है।

IN-THE-MONEY (इन-द-मनी)

इन-द-मनी वह ऑप्शन है, जिसमें धारक को अनुबंध के प्रयोग से लाभ होता है। उदाहरण के लिए, कॉल ऑप्शन उस समय इन-द-मनी है, जब प्रायोगिक भाव उस आधारभूत प्रतिभूति के बाजार भाव से कम होता है और एक पुट ऑप्शन तब इन-द-मनी होता है, जब नियत भाव आधारभूत प्रतिभूति के बाजार भाव से अधिक होता है।

INVENTORY (माल-सूची)

कंपनी के कच्चे माल, प्रक्रियागत कार्य, परिचालन में उपयोग होनेवाला साज-सामान और तैयार माल का मौद्रिक मूल्य है। बैलेंस शीट में माल का अधिक होना विक्रय में सुस्ती या अधिक उत्पादन को दरशाता है। माल-सूची को तरल आस्ति माना जाता है, क्योंकि इन्हें आसानी से नकद में बदला जा सकता है।

INVESTMENT ADVISOR (निवेश सलाहकार)

वह व्यक्ति या फर्म, जो पोर्टफोलियो या म्यूचुअल फंड्स प्रबंधन के लिए जिम्मेदार हो।

ISSUE (इश्यू)

सरकार या कॉर्पोरेशन द्वारा विक्रय के लिए प्रस्तावित प्रतिभूति।

ISSUE DATE (निर्गम तारीख)

जिस तारीख को प्रतिभूति पहली बार जारी की जाए।

ISSUED STOCK (निर्गमित शेयर)

जनता को बेचे गए स्टॉक।

□

J

JOINT ACCOUNT (संयुक्त खाता)

वह खाता, जिसमें दो या अधिक व्यक्ति सक्रिय सह–स्वामियों की भूमिका में हों।

JUNK BOND (जंक बॉण्ड)

बॉण्ड, जिसे सबसे कम क्रेडिट रेटिंग प्राप्त हो, यह आमतौर पर वित्तीय उथल–पुथल वाली कंपनियों द्वारा जारी किए जाते हैं। चूँकि ये जोखिमपूर्ण होती हैं, इसलिए इनमें अधिक प्राप्ति (यील्ड) का प्रस्ताव देते हैं।

□

L

LADDER (लैडर)

वह पोर्टफोलियो रणनीति, जिसमें निवेशक अपनी उन विविध निश्चित आय प्रतिभूतियों का पोर्टफोलियो बनाता है, जिनका औसत मूल्य लगभग समान हो, लेकिन सबकी परिपक्वता अवधि भिन्न हो। इससे ब्याज दर घटने का जोखिम कम हो जाता है।

LARGE-CAP STOCKS (लार्ज-कैप स्टॉक्स)

कंपनियों द्वारा जारी वे स्टॉक्स, जिन्हें हाई मार्केट कैपिटलाइजेशन की अहमियत दी जाती है। प्रत्येक देश के कंपनी को लार्ज-कैप घोषित करने के अलग स्तर होते हैं।

LAST (अंतिम)

वह भाव, जिस पर प्रतिभूति अंतिम बार ट्रेड हुई।

LIABILITY (देयता)

लिया गया ऋण चुकाने का दायित्व या कर्तव्य अथवा जिम्मेदारी पूरी करना।

LIMIT ORDER (लिमिट ऑर्डर)

एक ऑर्डर निर्देश, जिसके द्वारा ग्राहक वह अधिकतम राशि तय करता है, जो वह बाय ऑर्डर के लिए चुकाने को इच्छुक हो, या वह न्यूनतम राशि, जिस पर ग्राहक सेल ऑर्डर स्वीकार करने के लिए तैयार हो। यदि प्रतिभूति लिमिट ऑर्डर में निर्दिष्ट भाव तक पहुँचती है तो उस निर्दिष्ट भाव या उससे बेहतर पर ऑर्डर निष्पादित हो जाएगा।

LIMITED TAX BOND (लिमिटेड टैक्स बॉण्ड)

एक म्यूनिसिपल बॉण्ड, जिसकी मूल धन और ब्याज चुकाने की क्षमता विशेष कर पर आधारित होती है।

LIMITED TRADING AUTHORIZATION (सीमित कारोबार प्राधिकृति)

वह खाता, जिसमें ग्राहक ने अपने खाते द्वारा ट्रेड करने की शक्ति किसी दूसरे व्यक्ति को दे रखी हो।

LIQUIDATION (परिसमापन)

1. किसी चीज को बेचना, आस्तियों को नकद में बदलना।
2. किसी ग्राहक द्वारा खरीद का भुगतान न करने की स्थिति में मार्जिन विभाग द्वारा की गई काररवाई।

LIQUIDITY (तरलता)

किसी आस्ति को नकद में परिवर्तित करने में आसानी।

LIQUIDITY RATIO (तरलता अनुपात)

शेयर के भाव को एक प्रतिशत अंश ऊपर या नीचे गति करवाने के

लिए आवश्यक धनराशि परिमाण। उच्च अनुपात का अर्थ है कि उसका भाव बदलने के लिए तुलनात्मक रूप से भारी ट्रेडिंग की आवश्यकता है, जबकि कम तरलता अनुपात इस बात का सूचक है कि स्टॉक तुलनात्मक रूप से कम मात्रा में गति कर पाएगा।

LIQUIDITY RISK (तरलता जोखिम)

जोखिम के कारण आस्ति को बेचने से आनेवाली कठिनाई। उच्च तरलता जोखिम से आस्ति का मूल्य कम हो सकता है।

LISTED OPTIONS (सूचीबद्ध ऑप्शंस)

वे ऑप्शंस, जो नेशनल ऑप्शन एक्सचेंज में ट्रेड होते हैं।

LISTED SECURITIES (सूचीबद्ध प्रतिभूतियाँ)

वे प्रतिभूतियाँ, जो स्टॉक एक्सचेंज में ट्रेड होती हैं।

LISTED STOCK (सूचीबद्ध शेयर)

वे स्टॉक, जो किसी एक्सचेंज में ट्रेडिंग की पात्रता पर खरे उतरते हों।

LOAD (भार)

किसी शुरुआती निवेश या म्यूचुअल फंड के मोचन पर लगनेवाला विक्रय प्रभार।

LOAD FUND (भार निधि)

शेयर सहित म्यूचुअल फंड, जिसके विक्रय भाव में विक्रय प्रभार भी शामिल हो, आमतौर पर इसे विक्रेता के माध्यम से खरीदा जाता है।

LOAN STOCK (ऋण पत्र)

वह स्टॉक, जिसकी ब्याज दर स्थिर हो। डिबेंचर के विपरीत ऋण पत्र असुरक्षित भी हो सकते हैं।

LOAN VALUE (ऋण मूल्य)

वह धनराशि, जिसे ग्राहक किसी फर्म से उधार लेता है, इसे बाजार मूल्य प्रतिशत के रूप में अभिव्यक्त किया जाता है।

LONG POSITION (लॉन्ग पोजीशन)

प्रतिभूति स्वामी निवेशक की स्थिति।

LONG-TERM ASSETS (दीर्घकालिक आस्तियाँ)

दीर्घकालिक संपत्ति, उपकरण व अन्य पूँजीगत आस्तियों के मूल्य में से बीते समय का मूल्य-ह्रास घटा दें।

LONG-TERM BOND (दीर्घकालिक बॉण्ड)

वे बॉण्ड, जो दस वर्ष से अधिक समय में परिपक्व होने हैं।

LONG-TERM DEBT (दीर्घकालिक ऋण)

वे देयताएँ, जिनका भुगतान अंतिम बैलेंस शीट की तारीख के 12 माह बाद करना होता है।

LONG-TERM DEBT/CAPITALIZATION (दीर्घकालिक ऋण/पूँजीकरण)

उपलब्ध पूँजी की तुलना में दीर्घकालिक ऋण का अनुपात। यह वित्तीय लीवरेज सूचक के रूप में कार्य करता है। इसकी गणना के लिए दीर्घकालिक ऋण को दीर्घावधिक ऋण, अधिमानित स्टॉक और साधारण शेयरधारक इक्विटी के योग से भाग देना होता है।

LONG-TERM LIABILITIES (दीर्घकालिक देयताएँ)

एक वर्ष से अधिक पुराने ब्याज, बॉण्ड चुकौती तथा अन्य ऋणों की दायित्व राशि।

LOW (न्यूनतम)

निश्चित समयावधि के दौरान किसी स्टॉक का न्यूनतम बंद भाव।

□

N

NAKED CALL (नैकेड कॉल)

एक निवेशक, जो कॉल ऑप्शन कॉण्ट्रेक्ट बेच रहा है, जबकि वास्तव में उस प्रतिभूति का स्वामित्व उसके पास नहीं है।

NEGOTIABLE (परक्राम्य)

प्रतिभूति की विशेषता, जिसके द्वारा उसका मालिक उसके स्वामित्व या अधिकार को हस्तांतरित कर सकता है।

NET ASSETS (शुद्ध निवल आस्तियाँ)

म्यूचुअल फंड्स में धारित कुल आस्तियाँ।

NET ASSET VALUE (शुद्ध निवल आस्तियाँ मूल्य)

फंड आस्तियों का मूल्य, जिसे उसके शेष शेयरों की संख्या से भाग दिया जाए।

NET EARNINGS (NET INCOME) शुद्ध उपार्जन (शुद्ध आय)

इसे बॉटम लाइन के रूप में भी जाना जाता है। यह कंपनी का हर तरह की लागत, व्यय और कर भुगतान के बाद प्राप्त हुआ मुनाफा है। इसकी गणना के लिए कारोबार, मूल्य-ह्रास, ब्याज और कर लागत को राजस्व में से घटाया

जाता है। इसे शुद्ध आय या शुद्ध मुनाफा भी कहते हैं।

NET MARGIN (शुद्ध अंतर)

सभी लागत, व्यय और कर घटाने के बाद कंपनी की लाभप्रदता का पैमाना। इसकी गणना के लिए शुद्ध उपार्जन को राजस्व से भाग दिया जाता है। इससे प्राप्त प्रतिशत कंपनी की परिचालन दक्षता है।

NEW ISSUE (नया इश्यू)

वह कंपनी, जो बाजार में पहली बार प्रतिभूति जारी कर रही है या अतिरिक्त शेयर जारी कर रही है।

NIL PAID (शून्य भुगतान)

स्टॉक मार्केट में शेयरों का नया इश्यू, जिसके लिए अभी तक कोई भुगतान नहीं हुआ है। आमतौर पर यह नया इश्यू या राइट इश्यू होता है।

NO-LOAD (भार-रहित)

बिना विक्रय कमीशन।

NO-LOAD FUND (नो-लोड फंड)

वह ओपन-एंड फंड, जिसे फंड कंपनी या ब्रोकरेज फर्म से फंड की नेट एसेट वैल्यू पर शेयरों की खरीद या रीडीम प्रभार दिए बिना सीधे खरीदा गया हो।

NOISE (नॉयस)

भाव और मूल्यों की अस्थिरता, जो बाजार का स्पष्ट रुझान नहीं दरशाती।

NOMINAL YIELD (अवास्तविक प्राप्ति)

बॉण्ड की फेस वैल्यू के लिए स्वीकृत ब्याज दर।

NOMINEE NAME (नामित का नाम)

जिस नाम पर प्रतिभूति रजिस्टर्ड हो।

NON-CALLABLE (गैर-प्रतिदेय)

नोट या बॉण्ड, जिसे परिपक्वता से पहले कॉल नहीं किया जा सकता।

NON-COMPETITIVE TENDER (गैर-प्रतिस्पर्धी निविदा)

वे ट्रेजरी बिल, नोट्स और बॉण्ड्स, जिन्हें केंद्रीय बैंक से स्वीकृत प्रतिस्पर्धी बोली पर नई प्रतिभूतियों की नीलामी के दौरान औसत भाव पर सीधे खरीदा जाता है।

NON-CUMULATIVE PREFERRED STOCK (असंचयी अधिमानित स्टॉक)

अधिमानित स्टॉक का वह प्रकार, जो अपने धारक को उपचित लाभांश का भुगतान नहीं करता।

NOTE (नोट)

एजेंसी प्रतिभूति का प्रचलित नाम, जिसकी परिपक्वता दस वर्ष से कम हो।

NTF (एन.टी.एफ.)

'नो ट्रांजेक्शन फीस', यह ऐसे म्यूचुअल फंड्स को व्याख्यायित करता है, जिसमें लेन-देन फीस नहीं ली जाती।

□

O

OBJECTIVE (MUTUAL FUND) ऑब्जेक्टिव (म्यूचुअल फंड)

म्यूचुअल फंड की निवेश रणनीति, जो प्रोस्पेक्टस में उल्लेखित हो।

ODD LOT (ऑड लॉट)

प्रतिभूतियों की मात्रा, जिसमें 100 शेयरों से कम शामिल हों, ट्रेडिंग के लिए।

OFFER (प्रस्ताव)

वह न्यूनतम भाव, जिस पर निवेशक या विक्रेता प्रतिभूति के शेयर बेचने का इच्छुक है।

OFFER PRICE (MUTUAL FUND) प्रस्तावित भाव (म्यूचुअल फंड)

लोड फंड का विक्रय भाव। इसकी गणना के लिए फंड के विक्रय प्रभार को उसके शुद्ध आस्ति मूल्य में जोड़ा जाता है।

ON-BALANCE VOLUME INDEX (ऑन-बैलेंस वॉल्यूम इंडेक्स)

यह बढ़ती भाव गतिविधि के मूल्य का अनुपात है। प्रतिभूति की लिवाली

अधिक हुई है या बिकवाली, इसकी पहचान हेतु इसे तकनीकी आकलन में उपयोग किया जाता है।

OPEN-END FUND (ओपन-एंड फंड)

वह म्यूचुअल फंड, जो निरंतर शेयर प्रस्तावित करने के साथ ही शेयरधारकों द्वारा मोचित किए जानेवाले किसी भी शेयर को खरीदने के लिए हर समय तैयार रहता है।

OPEN-END MANAGEMENT COMPANY (ओपन-एंड मैनेजमेंट कंपनी)

वह प्रबंधन कंपनी, जो निरंतर नए शेयर जारी करती रहती है।

OPEN INTEREST (ओपन इंटरेस्ट)

किसी खास श्रेणी या शृंखला के वे शेष ऑप्शन कॉण्ट्रेक्ट, जो फिलहाल एक्सचेंज मार्केट में मौजूद हों।

OPEN OUTCRY SYSTEM (खुली शोर प्रणाली)

एक्सचेंज में खुले स्थान पर सार्वजनिक नीलामी, जिसमें बोलकर बोली लगाना एवं प्रस्ताव देना शामिल होता है।

OPENING PURCHASE (क्रय शुरुआत)

निवेशक द्वारा लॉन्ग ऑप्शन पोजीशन को बढ़ाने या इसके निर्माण की मंशा से किया गया सौदा।

OPENING SALE (विक्रय शुरुआत)

निवेशक द्वारा लॉन्ग ऑप्शन पोजीशन को बढ़ाने या इसे सृजित करने की मंशा से किया गया सौदा।

OPENING TRANSACTION (सौदे की शुरुआत)

निवेशक का नई पोजीशन खोलने के लिए ऑप्शन कॉण्ट्रेक्ट को खरीदना या बेचना।

OPERATING MARGIN (परिचालन सीमांत राशि)

गैर-नकद प्रभारों के पूर्व कंपनी की लाभप्रदता। यह कंपनी की परिचालन दक्षता का पैमाना है। परिचालन सीमांत राशि की गणना ई.बी.आई.टी.डी.ए. को राजस्व से भाग देकर 100 से गुणा कर की जाती है।

OPTION (ऑप्शन)

वह अनुबंधन, जो ग्राहक को पूर्व निर्धारित मात्रा में आधारभूत प्रतिभूतियों को तय समयावधि के भीतर पूर्व निर्धारित भाव पर खरीदने (कॉल) या बेचने (पुट) का अधिकार प्रदान करता है।

OPTION ADJUSTMENTS (ऑप्शन समायोजन)

ऑप्शन कॉण्ट्रेक्ट की शर्तों में किए गए वे समायोजन, जिनसे आधारभूत प्रतिभूति में बदलाव नजर आएँ, जैसे लाभांश भुगतान या स्पिलिट।

OPTION AGREEMENT (ऑप्शन अनुबंध)

ऑप्शंस में कारोबार करने के लिए ग्राहक का इस अनुबंध पर हस्ताक्षर करना जरूरी है।

OPTION CLASS (ऑप्शन श्रेणी)

ऑप्शंस का वह समूह, जिसकी आधारभूत प्रतिभूति समान हो।

OPTION-INCOME FUND (ऑप्शन-इनकम फंड)

वह म्यूचुअल फंड अतिरिक्त आय उत्पन्न करने के प्रयास में लगातार ऑप्शन राइटिंग करता रहता है।

OPTION SERIES (ऑप्शन श्रृंखला)

वे ऑप्शन समूह, जिनका नियत भाव, समाप्ति तिथि एक हो और उनकी कारोबारी इकाई एक जैसे आधारभूत स्टॉक हों।

ORDER BOOK OFFICIAL (ऑर्डर बुक अधिकारी)

किसी एक्सचेंज का वह कर्मचारी, जो पब्लिक ऑर्डर पुस्तिका सँभालता है और सदस्यों की ओर से लिमिट ऑर्डरों का निष्पादन करता है।

ORDINARY SHARES (साधारण शेयर)

शेयरों का सबसे आम प्रारूप। इसे साधारण स्टॉक भी कहा जाता है।

ORIGINAL ISSUE DISCOUNT (O.I.D.) (ओरिजिनल इश्यू डिस्काउंट)

बॉण्ड के पहली बार जारी होने पर उसके सम मूल्य पर मिली छूट।

ORIGINAL ISSUE ZEROS (ओरिजिनल इश्यू जीरो)

किसी कॉर्पोरेशन या सरकार द्वारा जारी वे जीरो-कूपन प्रतिभूतियाँ, जिन्हें मौजूदा बॉण्ड के मूल धन और ब्याज के भुगतान की जगह जीरो-कूपन बॉण्ड के रूप में जारी किया गया हो।

O.T.C. BULLETIN BOARD (ओ.टी.सी. बुलेटिन बोर्ड)

एक इलेक्ट्रॉनिक सेवा, जो ओवर-द-काउंटर स्टॉक्स के चुनिंदा भाव प्रदान करती है।

OTHER CURRENT ASSETS (अन्य वर्तमान आस्तियाँ)

लेखा-पद्धति का पारिभाषिक शब्द, जो गैर-नकद आस्तियों का मूल्य बताता है। इनमें वर्ष भर में पूर्व प्रदत्त व्यय और प्राप्त धनराशि भी शामिल रहते हैं।

OUT-OF-THE-MONEY (आउट-ऑफ-द-मनी)

एक ऑप्शन उस समय आउट-ऑफ-द-मनी हो जाती है, जब वह आधारभूत प्रतिभूति कॉल ऑप्शन के नियत भाव से कम हो जाती है, या पुट से अधिक हो जाती है। धारक को उस समय तुरंत हानि हो जाती है, जब वह अपने अधिकार का प्रयोग करते हुए आधारभूत प्रतिभूति का क्रय या विक्रय करता है।

OVERBOUGHT/OVERSOLD INDICATOR (अधिक्रयित/अधिविक्रयित संकेतक)

एक संकेतक, जो यह आँकने का प्रयास करता है कि भाव किस समय अचानक ही किसी दिशा में चल देंगे कि उन पर प्रतिक्रिया न दी जा सके।

OVER-THE-COUNTER MARKET (O.T.C.) (ओवर-द-काउंटर मार्केट)

दूरभाष और दूरसंचार प्रणालियों का संयुक्त नेटवर्क, जिस पर गैर-सूचीबद्ध प्रतिभूतियाँ और अन्य इश्यू ट्रेड करते हैं।

□

P

PAR VALUE (सम मूल्य)

बॉण्ड की फेस वैल्यू।

PARTICIPATING PREFERRED (अधिमानित सहभागी)

एक प्रकार का अधिमानित स्टॉक, जिसमें धारक को साधारण स्टॉक के किसी भी लाभांश भुगतान में 'सहभागी' होने के साथ ही प्राय: साधारण और अधिमानित शेयरधारकों से अधिक भुगतान लेने का अधिकार होता है।

PASS-THROUGH SECURITY (प्रभाव अंतरण प्रतिभूतियाँ)

गिरवी, ब्याज भुगतान और मूल धन के समूह में मासिक आधार पर ब्याज को दरशानेवाला इंस्ट्रूमेंट।

PAYEE (आदाता)

वह व्यक्ति या व्यापार, जो भुगतान प्राप्त कर रहा हो।

PAYMENT DATE (भुगतान तारीख)

वह तारीख, जब घोषित स्टॉक लाभांश या बॉण्ड ब्याज का भुगतान किया जाता है।

PAYOUT RATIO (भुगतान अनुपात)

प्रति-शेयर-उपार्जन का वह प्रतिशत, जिसे लाभांश के रूप में दिया जाता है। इसकी गणना के लिए त्रैमासिक लाभांश को त्रैमासिक ई.पी.एस. से भाग देकर इसे 100 से गुणा किया जाता है।

PEG RATIO (पेग रेशियो)

प्राइस-टू-अर्निंग्स-ग्रोथ रेशियो का उपयोग उन कंपनियों को खोजने में किया जाता है, जो भविष्य के विकास की संभावनाओं को देखते हुए छूट पर लेन-देन कर रही हों। इसकी गणना स्टॉक की आगामी P/E को इसकी अनुमानित तीन से पाँच साल की वार्षिक ई.पी.एस. ग्रोथ रेट से भाग देकर की जाती है। कम पेग रेशियो बेहतर मूल्य को दरशाती है, क्योंकि निवेशक को भविष्य के उपार्जन विकास हेतु कम भुगतान करना होगा।

PENNY STOCKS (पेनी स्टॉक्स)

प्रतिभूतियाँ, जिनका भाव बेहद कम रखा गया हो। यह अकसर अत्यधिक सट्टे वाला निवेश होता है।

PERCENT IN TOP FIVE HOLDINGS (शीर्ष पाँच शेयर पूँजी प्रतिशत)

फंड की पाँच सबसे बड़ी पोजीशन में कुल आस्ति अनुपात।

PHANTOM INTEREST (अवास्तविक ब्याज)

जीरो कूपन प्रतिभूति से प्राप्त वार्षिक ब्याज, जबकि ब्याज का भुगतान जीरो के परिपक्व होने तक नहीं किया जाता।

PIN (पिन)

पर्सनल आइडेंटिफिकेशन नंबर। इसे इस तरह डिजाइन किया जाता है

कि खाते तक केवल खाताधारक की पहुँच सुरक्षित हो सके।

PIT (पिट)

ट्रेडिंग फ्लोर का गोलाकार स्थान, जहाँ फ्यूचर्स और ऑप्शंस खरीदे व बेचे जाते हैं।

PIVOT (पिवट)

वह भाव स्तर, जो बाजार में पैठ बनाने में असफलता या अचानक मूल्य-वृद्धि के साथ ही भाव स्तर में गति दरशाने के लिए जाना जाता है।

POINT (बिंदु)

बढ़त की भाव गतिविधि।

POINT AND FIGURE CHART (पॉइंट एंड फिगर चार्ट)

वह चार्ट, जो केवल भाव में पूर्णांक परिवर्तन दरशाए और इसमें समय के तत्त्व की अनदेखी कर दे।

PORTFOLIO (पोर्टफोलियो)

निवेशक की मिश्रित निवेश होल्डिंग, जिसमें नकद, स्टॉक, बॉण्ड, म्यूचुअल फंड्स और रियल एस्टेट शामिल हो।

PORTFOLIO TURNOVER (पोर्टफोलियो टर्नओवर)

म्यूचुअल फंड्स का पोर्टफोलियो ट्रेडिंग गतिविधि पैमाना। इसकी गणना के लिए कम क्रय या विक्रय को वर्ष के कुल औसत आस्ति मूल्य से भाग दिया जाता है।

POSITION LIMITS (पोर्टफोलियो सीमा)

किसी विशेष सूचीबद्ध प्रतिभूति के ऑप्शन कॉण्ट्रेक्ट की वह अधिकतम संख्या, जो कोई निवेशक रख सकता है।

PRE-EMPTIVE RIGHT (पूर्व-क्रय अधिकार)

वर्तमान शेयरधारकों को मिलनेवाला वह अवसर, जिसमें वे उसी श्रेणी के अतिरिक्त शेयर जारी किए जाने पर अपना स्वामित्व प्रतिशत बढ़ा सकते हैं। पूर्व-क्रय अधिकार उन्हें नए शेयरों को निर्दिष्ट भाव पर खरीदने की अनुमति देता है।

PREFERRED STOCK (अधिमानित शेयर)

जारीकर्ता कंपनी में स्वामित्व का प्रतिनिधित्व करनेवाले विशिष्ट लाभांश स्टॉक, जिनका लाभांश तय होता है और भुगतान न होने पर संगृहीत होता जाता है। दिवालिया होने पर अधिमानित शेयरधारकों का आस्तियों पर डिबेंचर के बाद, लेकिन साधारण शेयरधारकों से पहले अधिकार होता है।

PREMIUM (BONDS) प्रीमियम (बॉण्ड्स)

वह बॉण्ड, जो वर्तमान बाजार भाव पर बिक रहा हो, जो उसकी फेस वैल्यू से अधिक है। बॉण्ड उस समय प्रीमियम पर विक्रय होते हैं, जब बॉण्ड का कूपन प्रचलित दरों से अधिक हो।

PREMIUM (OPTIONS) प्रीमियम (ऑप्शंस)

खरीदार द्वारा ऑप्शन राइटर को ऑप्शन अनुबंध अधिकार हेतु किया गया मूल्य भुगतान।

PRE-TAX MARGIN (कर-पूर्व मार्जिन)

किसी कंपनी की कर भुगतान से पहले की लाभकारिता। इसकी गणना

के लिए कर-पूर्व उपार्जन को राजस्व से भाग दिया जाता है।

PRICE/BOOK (भाव/बुक)

स्टॉक के नवीनतम बंद भाव को उसके प्रति शेयर बही मूल्य से भाग देकर अनुपात निकाला जाता है। प्रति शेयर बही मूल्य निकालने के लिए बही मूल्य (कुल आस्तियाँ घटा कुल देयताएँ) को कुल शेष शेयरों से भाग दिया जाता है।

PRICE/CASH FLOW (भाव/नकदी प्रवाह)

स्टॉक के नवीनतम बंद भाव को बीते 12 माह के प्रति शेयर नकदी प्रवाह से भाग देकर निकाला गया अनुपात।

PRICE/EARNINGS RATIO (भाव/आय अनुपात)

वर्तमान शेयर भाव को नवीनतम प्रति शेयर उपार्जन से भाग देने से प्राप्त अनुपात।

PRICE/SALES (भाव/विक्रय)

स्टॉक के नवीनतम बंद भाव को प्रति शेयर राजस्व से भाग देने पर प्राप्त अनुपात। चूँकि यह अनुपात कंपनी की लाभप्रदता के बारे में थोड़ा खुलासा करता है, इसलिए आमतौर पर इसका उपयोग वे कंपनियाँ किया करती हैं, जिनकी कोई आय न हो; क्योंकि इन कंपनियों का पी/ई रेशियो अनिश्चित होता है।

PRICE SPREAD (भाव अंतर)

एक ही समाप्ति तारीखवाले दो ऑप्शंस को साथ में खरीदा व बेचा जाना; लेकिन विभिन्न प्रयोग मूल्यों पर।

PRICE-WEIGHTED INDEX (भाव-भारित सूचकांक)

एक सूचकांक, जिसकी गणना स्टॉक के भावों के योग द्वारा ऐसी संख्या

निकालकर की जाती है, जो बाजार के आम हालात की सूचना दे सके, जैसे डाऊ जोंस इंडेक्स।

PRIMARY DEALER (प्राथमिक विक्रेता)

ट्रेजरी विभाग से मान्यता प्राप्त संस्थान, जो ट्रेजरी के लिए उसके पहली बार जारी होने पर बोली लगाने की पात्रता रखता है और जो सेकंडरी क्रेता के लिए बाजार तैयार करता है।

PRIMARY MARKET (प्राथमिक बाजार)

नई प्रतिभूतियों का वह बाजार, जहाँ इन्हें सीधे जारीकर्ता से खरीदा जा सकता है।

PRINCIPAL (प्रधान)

ब्रोकरेज फर्म द्वारा निभाई जानेवाली भूमिका, जिसमें वह विक्रेता की तरह अपने खुद के लिए प्रतिभूतियों का सौदा करती है।

PRINCIPAL (BOND) मूल धन (बॉण्ड)

बॉण्ड की फेस वैल्यू।

PRIVATE COMPANY (निजी कंपनी)

वह कंपनी, जिसका समस्त स्वामित्व निजी हाथों में होता है।

PRIVATE PLACEMENT (प्राइवेट प्लेसमेंट)

वह इश्यू, जिसे सार्वजनिक रूप से पेश करने की जगह चुनिंदा निवेशकों को प्रस्तावित किया जाए।

PRIVATIZATION (निजीकरण)

राज्य-चालित कंपनी के शेयर जनता को बेचकर उसे पब्लिक लिमिटेड कंपनी में बदलना।

PROFIT MARGIN (मुनाफा अंतर)

लाभप्रदता का सूचक। इसकी गणना के लिए कुल आय को निर्दिष्ट अवधि के राजस्व से भाग दिया जाता है।

PROGRAM TRADING (प्रोग्राम ट्रेडिंग)

कंप्यूटर प्रोग्राम द्वारा दर्ज सौदे, जो अपने आप निष्पादित होते हैं।

PROSPECTUS (विवरणिका)

नए सिक्यूरिटी इश्यू का विस्तृत दस्तावेज, जो इसकी शर्तें, जारीकर्ता, अधिकारी, पब्लिक अकाउंटिंग फर्म, कानूनी सलाहकार तथा प्रमुख कारोबार के बारे में बताता है। इसमें इश्यू खरीदनेवाले ग्राहक को उपलब्ध करवाने हेतु सभी प्रतिभूति नियम होते हैं।

PROXY (प्रतिनिधित्व)

शेयरधारक द्वारा वोटिंग के अधिकार को किसी दूसरे को, आमतौर पर कंपनी प्रबंधन के किसी सदस्य को, हस्तांतरित करने का दस्तावेज। वही शेयरधारकों की बैठक में उस शेयरधारक के हितों का प्रतिनिधित्व करता है।

PROXY FIGHT (प्रतिनिधि संघर्ष)

किसी विरोधी गुट का कॉर्पोरेशन प्रबंधन को अधिगृहीत करने का प्रयास। वे प्रतिनिधियों को चुनकर बोर्ड में भेजते हैं। वहीं प्रबंधन भी अपने प्रतिनिधि भेजता है। शेयरधारकों को इनमें से किसी एक प्रतिनिधि को वोट देना होता है।

PUBLIC MARKET (सार्वजनिक बाजार)

वह सूचीबद्ध, एक्सचेंज, जिसके द्वारा जीरो-कूपन निवेश को बेचा या खरीदा जा सकता है।

PUBLIC OFFERING DATE (सार्वजनिक प्रस्ताव तारीख)

वह पहला दिन, जब नया सिक्यूरिटी इश्यू जनता के लिए खोला जाता है।

PURCHASE PRICE (क्रय भाव)

ट्रेजरी या एजेंसी सिक्यूरिटी खरीदने के लिए चुकाया गया भाव।

PUT (पुट)

वह ऑप्शन, जो कॉण्ट्रेक्ट धारक को आधारभूत प्रतिभूतियों के शेयरों को पुट राइटर को विशिष्ट नियत भाव पर निर्दिष्ट संख्या में समाप्ति तारीख तक बेचने का अधिकार देता है।

□

Q

QUARTERLY REFUNDING (त्रैमासिक धन-वापसी)

मई, अगस्त, नवंबर और फरवरी में होनेवाली ट्रेजरी नोट्स तथा बॉण्ड्स की नीलामी।

QUARTERLY REPORT (त्रैमासिक रिपोर्ट)

सार्वजनिक कंपनियों द्वारा प्रति तिमाही एस.ई.सी. में जमा की जानेवाली गैर-लेखा परीक्षित वित्तीय रिपोर्ट, जिसमें कंपनी की वित्त व अन्य संबंधित जानकारियाँ होती हैं।

QUICK RATIO (त्वरित अनुपात)

इसे 'एसिड टेस्ट' भी कहा जाता है। यह कंपनी की वित्तीय स्थिति का सूचक है। इसकी गणना के लिए वर्तमान आस्तियों और कम हुए माल को वर्तमान देयताओं से भाग करते हैं।

QUOTE (भाव बोलना)

किसी प्रतिभूति की समय विशेष पर लगी सबसे ऊँची बोली और सबसे नीची वांछित कीमत।

R

R-SQUARED (आर-स्क्वायर्ड)

फंड के प्रदर्शन का बाजार सूचकांक के संबंध में प्रदर्शन का पैमाना। इसकी गणना के लिए बीते तीन वर्षों की मासिक रिटर्न को बेंचमार्क बनाया जाता है। आर-स्क्वायर का उच्च मूल्य पूरे बाजार के उच्चतम प्रदर्शन को दरशाता है।

RANGE (श्रेणी)

प्रदत्त अवधि के दौरान उच्च और निम्न ट्रेडिंग भावों के बीच का अंतर।

RATE OF RETURN (रिटर्न दर)

यह मानते हुए कि सभी वितरण मौजूदा रिटर्न दर पर पुनः निवेश करेंगे, विनिर्दिष्ट समयावधि के भीतर लाभ व हानि का प्रतिशत।

RATING (दर निर्धारण)

बॉण्ड की निवेश गुणवत्ता की वर्णानुसार जाँच।

REAL-TIME QUOTE (हालिया भाव)

स्टॉक या बॉण्ड का वह भाव बताना, जो प्रतिभूति का हालिया आस्क एवं बिड भाव रहा है।

REALIZED GAINS/LOSSES (प्राप्त नफा/नुकसान)

वह नफा या नुकसान, जो प्रतिभूतियों को नकद में बदलने के बाद प्राप्त होता है।

RECORD DATE (दर्ज तारीख)

कॉर्पोरेट बोर्ड के निदेशकों द्वारा तय की गई वह तारीख, जिस तक लाभांश लेने के लिए शेयरधारक के पास शेयर होना आवश्यक है।

REDEMPTION (मोचन)

डेब्ट इंस्ट्रूमेंट का अग्र भुगतान, जिसमें निवेशक को शेष मूल धन राशि चुकाई जाती है।

REDEMPTION (MUTUAL FUND) मोचन (म्यूचुअल फंड)

म्यूचुअल फंड में से आस्तियों को निकालना।

REDEMPTION DATE (मोचन तारीख)

वह तारीख, जब जारीकर्ता द्वारा निश्चित आय प्रतिभूति की फेस वैल्यू पर चुकौती होनी है।

REDEMPTION FEE (मोचन शुल्क)

वह शुल्क, जो म्यूचुअल फंड में से आस्तियों को विनिर्दिष्ट समय से पहले निकालने पर लागू होता है। अकसर यह फंड में शुरुआती निवेश के बाद 60 से 90 दिन की अवधि होती है।

REDEMPTION NOTICE (मोचन नोटिस)

किसी प्रतिभूति जारीकर्ता द्वारा इश्यू की वापसी या मोचन का नोटिस।

REFUNDING (धन–वापसी)

किसी डेब्ट फंड के समय पूर्व भुगतान की प्राप्ति का उपयोग कर नए डेब्ट इंस्ट्रूमेंट को जारी करना।

REGISTERED BOND (रजिस्टर्ड बॉण्ड)

वह बॉण्ड, जिसके सर्टिफिकेट पर उसके स्वामी का नाम लिखा हो।

REGISTERED FORM (रजिस्टर्ड फॉर्म)

जारीकर्ता के केंद्रीय खाते में प्रतिभूति स्वामित्व का रिकॉर्ड।

REGISTERED TO PRINCIPAL ONLY (सिर्फ मूल धन स्वामी के लिए रजिस्टर्ड)

बॉण्ड की एक विशेषता, जिसका स्वामित्व जारीकर्ता के केंद्रीय खाते में दर्ज हो। ब्याज का भुगतान केवल तभी किया जाता है, जब कूपनों को काटकर भुनाया जाए।

REGISTERED TRADER (रजिस्टर्ड ट्रेडर)

एक्सचेंज का वह सदस्य, जिस पर अपनी इन्वेंटरी में से नियत प्रतिभूतियों को खरीद या बेचकर बाजार में तरलता बनाए रखने की जिम्मेदारी हो।

REGISTRAR (रजिस्ट्रार)

वह व्यावसायिक बैंक या न्यास कंपनी, जो शेयरधारकों और उनके शेयरों की संख्या की रजिस्ट्री का काम देखती है।

REGISTRATION STATEMENT (रजिस्ट्रेशन विवरण)

प्रॉस्पेक्टस समेत सावधानीपूर्वक तैयार किए गए वे दस्तावेज, जिन्हें प्रतिभूति और विनिमय आयोग में आसन्न इश्यू के बारे में बताने के साथ ही

जारीकर्ता से संबंधित जानकारी सहित जमा करवाया जाता है।

REGULAR WAY (नियमित तरीका)

ट्रेड तारीख के बाद तीसरे कार्य-दिवस पर निपटान।

REINVESTMENT OPPORTUNITY (पुनर्निवेश अवसर)

वह अवसर, जिसमें आय प्रतिभूतियों से भुगतान में मिली मूल राशि का पुनर्निवेश किया जा सके।

REINVESTMENT RATE (पुनर्निवेश दर)

वह ब्याज दर, जिसे ब्याज भुगतान के पुनर्निवेश द्वारा अर्जित किया जा सकता है।

REINVESTMENT RISK (पुनर्निवेश जोखिम)

यह जोखिम कि प्रतिभूतियाँ संभवतः उस समय अधिक उच्च दर प्रदान नहीं कर सकेंगी, जब प्रचलित ब्याज दरें अधिक हों, या पिछली दरों को कायम नहीं रख सकेंगी, जब प्रचलित दरों में गिरावट आ जाए।

RELATIVE STRENGTH (सापेक्ष शक्ति)

स्टॉक भाव गतिविधि की पिछले वर्ष में तथा उसी अवधि के दौरान बेंचमार्क सूचकांक के बीच तुलना करना।

RESISTANCE (RESISTANCE LEVEL) रेसिस्टेंस (रेसिस्टेंस लेवल)

स्टॉक का निश्चित भाव से ऊपर जाने में अक्षम होना।

RESTRICTED ACCOUNT (प्रतिबंधित खाते)

वह मार्जिन खाता, जिसमें डेब्ट बैलेंस ऋण मूल्य से अधिक हो।

RESTRICTED SECURITIES (प्रतिबंधित प्रतिभूतियाँ)

सीमित हस्तांतरणीयता वाली अपंजीकृत प्रतिभूतियाँ, जो अकसर निजी रूप से प्राप्त होती हैं।

RETAINED EARNINGS (प्रतिधारित उपार्जन)

उपार्जन का वह भाग, जिसे लाभांश के तौर पर नहीं दिया जाता, बल्कि इनके पुनर्निवेश हेतु फर्म इन्हें अपने पास रखती है।

RETRACEMENT (रीट्रेसमेंट)

भाव का पिछले रुख की विपरीत दिशा में गतिशील होना।

RETURN (रिटर्न)

निर्धारित समय के दौरान निवेश से उपार्जित धनराशि।

RETURN ON ASSETS (R.O.A.) (आस्तियों पर प्रतिलाभ)

कंपनी की लाभप्रदता का पैमाना। इसकी गणना के लिए बीते राजकोषीय वर्ष में उपार्जित शुद्ध आय को कुल आस्तियों से भाग देना होता है। इसमें कंपनी की देयताओं पर ध्यान नहीं दिया जाता।

RETURN ON EQUITY (R.O.E.) (इक्विटी पर प्रतिलाभ)

कंपनी की लाभप्रदता का सूचक। इसकी गणना के लिए बीते राजकोषीय वर्ष की शुद्ध आय को शेयरधारक की इक्विटी से भाग दिया जाता है, जो दरशाता है कि कंपनी शेयरधारक के धन का कितनी दक्षता सहित उपयोग कर रही है।

REVENUES (राजस्व)

कंपनी द्वारा अपना उत्पाद और/या सेवाएँ बेचने पर प्राप्त कुल धनराशि।

REVENUE BOND (राजस्व बॉण्ड)

म्यूनिसिपल बॉण्ड, जिसके जारीकर्ता का ब्याज व मूल राशि भुगतान बॉण्ड द्वारा वित्तपोषित किसी खास प्रोजेक्ट से प्राप्त राजस्व पर आधारित होता है।

REVERSE STOCK SPLIT (रिवर्स स्टॉक स्पिलिट)

कॉर्पोरेशन द्वारा बनाई योजना, जिससे शेष शेयरों की संख्या घटे, जबकि शेयरधारक के शेयरों का मूल्य वही रहे। इससे स्टॉक के भाव को चढ़ने का प्रोत्साहन मिलता है, जिससे ये जोखिम-प्रतिकूल निवेशकों के लिए और आकर्षक हो जाए।

RIGHT (अधिकार)

वह सर्टिफिकेट, जिसके अनुसार मौजूदा शेयरधारक को उसके पूर्व स्वामित्ववाले शेयरों की संख्या के अनुपात में नई प्रतिभूतियाँ खरीदने का आम जनता से पहले अवसर मिलेगा। इस तरह वह कंपनी में अपने स्वामित्व प्रतिशत को कायम रखता है।

RIGHTS ARBITRAGE (राइट्स आर्बिट्रेज)

विलय या टेंडर प्रस्ताव के पूर्वानुमान से विभिन्न प्रतिभूतियों का एक साथ विक्रय व क्रय।

RIGHTS ISSUE (राइट्स इश्यू)

मौजूदा शेयरधारकों को प्रस्ताव देकर उन्हें कंपनी के अतिरिक्त शेयर खरीदने का अवसर देना।

RIGHTS OFFERING (प्रस्ताव अधिकार)

मौजूदा शेयरधारकों को दिया प्रस्ताव। उन्हें नए जारी शेयरों को उस भाव

में छूट देकर खरीदने का अधिकार प्रदान करना, जिस पर उन्हें जनता को पेश किया जाना है।

RISK (जोखिम)

वह अंतर्निहित संभावना, जिससे निवेश अपना मूल्य खो सकता है।

RISK/RETURN TRADE-OFF (रिस्क/रिटर्न ट्रेड-ऑफ)

निवेश के जोखिम और रिटर्न के बीच की विशेषता। उच्च जोखिम को आमतौर पर उच्च रिटर्न द्वारा न्यायोचित सिद्ध किया जाता है, जबकि कम जोखिमवाले निवेश की दर तुलनात्मक रूप से कम होती है।

ROAD SHOW (रोड शो)

कंपनी के प्रतिभूति प्रस्ताव के पूर्व बैंकर और कंपनी प्रबंधन अपनी कंपनी को संभावित निवेशकों के सामने प्रस्तुत करने के लिए यात्रा करते हैं, जिसका उद्देश्य इश्यू के प्रति रुचि उत्पन्न करना है, जिससे अनुकूल भाव तय किए जा सकें।

□

S

SALES CHARGE/LOAD (सेल्स चार्ज/लोड)

वह शुल्क, जो निवेशक को म्यूचुअल फंड में शेयर खरीदने के लिए चुकाना आवश्यक है। यह भुगतान वह शेयर खरीदते या वापस देते हुए कभी भी कर सकता है। इसे 'लोड' भी कहा जाता है।

SAME-DAY SUBSTITUTION (सेम डे सब्स्टीट्यूशन)

एक प्रतिभूति खरीदना और उसी दिन लगभग समान मूल्य की प्रतिभूति बेच देना।

SAVINGS BONDS (सेविंग्स बॉण्ड्स)

पंजीकृत अप्रतिदेय, बेचे न जा सकनेवाले बॉण्ड, जो छूट पर बेचे गए हों तथा परिपक्व होने पर फेस वैल्यू पर मोचनीय हों।

SECONDARY MARKET (सेकंडरी मार्केट)

वह बाजार, जहाँ शुरुआती प्रस्ताव के बाद प्रतिभूतियों का सौदा होता है।

SECONDARY OFFERINGS (सेकंडरी प्रस्ताव)

कंपनी का बाजार में अपने पहले प्रस्ताव के बाद अतिरिक्त स्टॉक बेचना, जिससे कुछ अतिरिक्त पूँजी जुटाई जा सके।

SECTOR FUNDS (सेक्टर फंड्स)

म्यूचुअल फंड्स, जिनका ध्यान किसी विशेष उद्योग में निवेश पर केंद्रित रहता है, विविधता की कमी के कारण इन फंड्स में अत्यधिक जोखिम रहता है।

SECURITIES (प्रतिभूतियाँ)

निवेश उत्पादों का वर्णन करनेवाला पारिभाषिक शब्द, जिसमें स्टॉक, ट्रेजरी स्टॉक, बॉण्ड, डिबेंचर आदि शामिल हैं। इसमें निश्चित वार्षिकी (फिक्स्ड एन्युटी) और बीमा पॉलिसी शामिल नहीं होते।

SELL-OUT (सेल-आउट)

जब ग्राहक पर मार्जिन या मेंटेनेंस कॉल का भार पड़ता है और वह निपटान तारीख तक शेष अदायगी नहीं कर पाता, तब ब्रोकर प्रतिभूतियों को सर्वोत्तम उपलब्ध भाव पर बेच देता है और इस भाव व लागत का दायित्व ग्राहक पर आता है।

SELL/WRITE (सेल/राइट)

वह उन्नत ऑप्शन रणनीति, जो एक ही आधारभूत स्टॉक की शॉर्ट सेलिंग के साथ ही साथ पुट ऑप्शन भी जोड़कर चलती है।

SERIAL BONDS (सीरियल बॉण्ड्स)

बॉण्ड्स का वह इश्यू, जो कुछ वर्षों में परिपक्व होने वाला हो।

SERIES (श्रृंखला)

एक ही श्रेणी के सभी ऑप्शन कॉण्ट्रेक्ट, जिनकी ट्रेड इकाई, समाप्ति तारीख और नियत भाव एक जैसे हों।

SETTLEMENT (निपटान)

ट्रेड के बाद प्रतिभूति का भुगतान व सुपुर्दगी।

SETTLEMENT DATE (निपटान तारीख)

जिस तारीख को प्रतिभूतियों के लेन-देन का निपटान होता है। निपटान साधारणत: ट्रेड के बाद के तीन कार्यदिवसों में होता है।

SETTLEMENT DATE INVENTORY (निपटान तारीख इन्वेंटरी)

निपटान तारीख पर प्रतिभूति में मौजूद सभी कुल पोजीशन।

SHAREHOLDER (शेयरधारक)

वह व्यक्ति या इकाई, जिसका किसी कॉर्पोरेशन में शेयर हो।

SHAREHOLDER'S EQUITY (शेयरधारक की इक्विटी)

कंपनी की कुल आस्तियों और कुल देयताओं के बीच अंतर होता है। कई बार इसे कुल मूल्य या बही मूल्य भी कहा जाता है। शेयरधारक की इक्विटी कंपनी में शेयरधारक के स्वामित्व का प्रतिनिधित्व करती है। देखें—प्राइस/बुक रेशियो।

SHAREHOLDER SERVICES FEE (शेयरधारक सेवा शुल्क)

वह शुल्क, जो म्यूचुअल फंड द्वारा फंड प्रायोजक को उसकी प्रबंधकीय सेवाओं के लिए दिया जाता है।

SHARES OUTSTANDING (शेयर्स आउटस्टैंडिंग)

साधारण स्टॉक के वे शेयर, जो फिलहाल निवेशकों के स्वामित्व में हैं।

SHARE REPURCHASE (शेयरों का पुनः क्रय)

एक कार्यक्रम, जिसके द्वारा कॉर्पोरेशन अपने खुद के कुछ शेयरों को ओपन मार्केट में वापस खरीद लेता है। इससे शेयर ऑउटस्टैंडिंग कम हो जाती है, जिससे उपार्जन एवं प्रति शेयर लाभांश बढ़ता है, जिससे स्टॉक प्राइस भी बढ़ने लगता है।

SHORT ACCOUNT (शॉर्ट अकाउंट)

वह मार्जिन खाता, जिसे ग्राहक ने शॉर्ट सिक्यूरिटीज को बेचा हो।

SHORT EXEMPT (शॉर्ट छूट)

वह शॉर्ट सेल, जिसे शॉर्ट विक्रय नियमों से छूट प्राप्त हो, जैसे विनिमय योग्य अधिमानित शेयरों का विनिमय करना और साधारण स्टॉक को स्टॉक मिलने से पहले बेच देना।

SHORT INTEREST (शॉर्ट इंटरेस्ट)

बाजार संवेदना का तकनीकी विश्लेषण। इसकी गणना के लिए किसी स्टॉक के शॉर्ट विक्रय समस्त शेयरों को उनके औसत दैनिक ट्रेडिंग वॉल्यूम से भाग किया जाता है।

SHORT POSITION (शॉर्ट पोजीशन)

उन निवेशकों द्वारा उपयोग की जानेवाली तकनीक, जो स्टॉक के भाव गिरने में विश्वास करते हैं। वे ऐसे स्टॉक्स बेचने लगते हैं, जो अभी उनके पास नहीं हैं। फिर बाद में सौदा पूरा करने के लिए वे उन्हें कम भाव पर खरीद लेते हैं।

SHORT SELL (शॉर्ट सेल)

उन प्रतिभूतियों का विक्रय, जिन्हें बाद की तारीख में कम भाव पर पुनः खरीदने की मंशा न हो।

SHORT-TERM BOND (लघु-अवधि बॉण्ड)

वह बॉण्ड, जो पाँच वर्ष के भीतर परिपक्व होता हो।

SHORT-TERM BOND FUNDS (लघु-अवधि बॉण्ड फंड्स)

वह फंड, जो उन बॉण्ड्स में निवेश करते हैं, जिनकी औसत परिपक्वता तीन वर्ष या उससे कम होती है।

SHORT-TERM GOVERNMENT BOND (लघु-आवधिक सरकारी बॉण्ड)

सरकारी बॉण्ड, जो पाँच वर्ष के भीतर परिपक्व होता हो।

SIZE (आकार)

शेयरों की वह संख्या, जो लगाई गई बोली में उपलब्ध हो।

SLIPPAGE (स्लिपेज)

अनुमानित लेन-देन लागत और वास्तविक लेन-देन लागत के बीच का अंतर।

SMALL-CAP STOCKS (स्माल-कैप स्टॉक्स)

कंपनियों द्वारा जारी किए वे स्टॉक्स, जिनका मूल्य स्टॉक एक्सचेंज द्वारा निर्धारित स्लैप से कम हो। स्माल-कैप स्टॉक्स में वृद्धि के उच्च अवसर हो सकते हैं; लेकिन ये अधिक जोखिमपूर्ण होते हैं और शून्य नहीं तो बेहद कम लाभांश देते हैं।

SMALL COMPANY FUNDS (लघु कंपनी फंड्स)

वे फंड्स, जिन्हें बाजार में 50 करोड़ डॉलर या कम की कंपनियों में निवेश किया जाए।

SPECIAL-PURPOSE BOND (स्पेशल-पर्पज बॉण्ड)

वह म्यूनिसिपल बॉण्ड, जिन्हें बॉण्ड से प्राप्त वित्त के उपयोग परियोजना का लाभ उठानेवालों से एकत्रित कर द्वारा चुकाया जाए।

SPECIALIST (विशेषज्ञ)

एक्सचेंज का वह सदस्य, जो विक्रय होनेवाली निश्चित प्रतिभूतियों के लिए बाजार तैयार करता है।

SPIN-OFF (स्पिन-ऑफ)

स्वतंत्र कंपनी बनाने के लिए नए शेयरों के विक्रय या वितरण द्वारा मौजूदा फर्म के एक भाग को बेचना।

SPLIT FUND (स्प्लिट फंड)

वह म्यूचुअल फंड, जिसमें ट्रेजरी प्रतिभूतियाँ और अन्य प्रकार के निवेश मौजूद हों।

SPONSOR (प्रायोजक)

फंड आयोजक। ये आमतौर पर शुरुआती शेयरधारक होते हैं।

SPREAD (स्प्रेड)

बोली में बिड और आस्क के बीच का अंतर।

SPREAD ORDER (स्प्रेड ऑर्डर)

वह उन्नत ऑप्शन रणनीति, जिसमें एक ही आधारभूत प्रतिभूति के दो पुट और दो कॉल के क्रय व विक्रय को जोड़ना शामिल है।

STANDARD DEVIATION (मानक विचलन)

सांख्यिकीय शब्द, जो औसत के अनुसार विविधता का वर्णन करता है। यह बीते रिटर्न देखकर फंड या पोर्टफोलियो की ऐतिहासिक अस्थिरता का आकलन करता है। प्रामाणिक विचलन जितना उच्च होगा, अस्थिरता की संभावना भी उतनी ही अधिक होगी।

STATEMENT OF ADDITIONAL INFORMATION (अतिरिक्त जानकारी विवरण)

वह दस्तावेज, जिसमें म्यूचुअल फंड दस्तावेज के अलावा और भी बहुत सी विस्तृत जानकारियाँ होती हैं। इसे फंड कंपनी से अनुरोध कर हासिल किया जा सकता है।

STATEMENT OF CASH FLOWS (नकदी प्रवाह विवरण)

किसी निश्चित समय के दौरान फर्म के नकद रसीद भुगतान का वित्तीय विवरण।

STOCK (शेयर)

कंपनी में स्वामित्व का अंश, कंपनी के उपार्जन एवं आस्तियों में समानुपाति दावे को दरशाता है।

STOCK AHEAD (स्टॉक अहेड)

ऐसे लिमिट ऑर्डर को संदर्भित, जो इसलिए निष्पादित नहीं हो सका, क्योंकि उसी लिमिट के कुछ अन्य ऑर्डर पहले ही प्रवेश कर चुके थे।

STOCK DIVIDEND (स्टॉक लाभांश)

नकद की जगह स्टॉक के रूप में किया गया लाभांश भुगतान।

STOCK POWER (स्टॉक पॉवर)

व्यक्ति को प्राप्त वह पॉवर ऑफ अटॉर्नी, जिससे स्टॉक के स्वामी की जगह उसे स्वामित्व हस्तांतरण का अधिकार मिल जाता है।

STOCK SPLITS (स्टॉक स्प्लिट्स)

मौजूदा शेयरों को उसी कॉर्पोरेशन द्वारा जारी नए व अधिक शेयरों से बदलना। स्प्लिट्स से कंपनी की पूँजी में वृद्धि या कमी नहीं होती। इसमें बस, शेयरधारक की इक्विटी को अधिक शेयरों में पुनर्विभाजित कर दिया जाता है, जिससे उनमें से प्रत्येक शेयर का भाव कम हो जाता है।

STOP LIMIT ORDER (स्टॉप लिमिट ऑर्डर)

यह स्टॉप ऑर्डर जैसा ही है, लेकिन भावों के आने और गुजरने के दौरान मार्केट ऑर्डर बनने की बजाय ये विनिर्दिष्ट भाव पर लिमिट ऑर्डर बन जाते हैं।

STOP-LOSS (स्टॉप-लॉस)

वह स्टॉप ऑर्डर, जिसे वर्तमान भाव से नीचे बेचने को कहा गया हो, आमतौर पर ऐसा अस्थिर स्टॉकों में किया जाता है, जिससे स्टॉक के अत्यधिक गिरने पर संभावित नुकसान को सीमित किया जा सके।

STOP ORDER (स्टॉप ऑर्डर)

ऑर्डर का वह प्रकार, जिसे तब तक निष्पादित नहीं किया जाता, जब तक निर्दिष्ट भाव न आ जाए या गुजर न जाए। इससे यह मार्केट ऑर्डर बन जाता है। लिमिट ऑर्डर के विपरीत बाय स्टॉप चालू बाजार भाव से अधिक पर प्रवेश करते हैं; जबकि सेल स्टॉप इसके नीच प्रवेश करते हैं।

STRADDLE (सम क्रय-विक्रय)

ऑप्शन रणनीति, जिसमें पुट और कॉल ऑप्शन कॉण्ट्रेक्ट दोनों के लिए

एक साथ लॉन्ग या शॉर्ट पोजीशन होती है, वह भी समान पद वाली एक जैसी आधारभूत प्रतिभूति के लिए।

STRANGLE (स्ट्रैंगल)

ऑप्शन रणनीति, जिसमें एक ही आधारभूत प्रतिभूति में कॉल राइटिंग और विभिन्न नियत भावोंवाला पुट शामिल रहता है।

STREET NAME (सड़क का नाम)

प्रतिभूतियाँ जिस ब्रोकरेज फर्म, बैंक और डिपॉजिटरी के नाम दर्ज हैं, उन्हें संदर्भित शब्द।

STRIKE PRICE (नियत भाव)

इसे 'एक्सरसाइज प्राइस' के नाम से भी जाना जाता है। यह वह निश्चित प्रति शेयर भाव है, जिस पर ऑप्शन धारक द्वारा ऑप्शंस कॉण्ट्रेक्ट का प्रयोग करते हुए आधारभूत आस्तियाँ खरीदी व बेची जाती हैं।

SUBJECT QUOTE (अपुष्ट भाव बताना)

बाजार का मौजूदा हाल दरशानेवाला भाव बताना। इसे आस्क या बिड जितना ठोस नहीं माना जा सकता।

SUBORDINATED DEBENTURE (गौण डिबेंचर)

एक प्रकार का डिबेंचर, जिसके ब्याज और मूल का दावा नियमित डिबेंचर और अन्य डेब्ट प्रतिभूतियों के बाद आता है।

SUBSCRIPTION RIGHT (अभिदान अधिकार)

शेयरधारक का कंपनी में अपना स्वामित्व प्रतिशत कायम रखने का

अधिकार। इसके लिए उसे नए जारी स्टॉक्स को आम जनता से पहले खरीदने का अवसर दिया जाता है।

SUBSEQUENT INVESTMENT (आगामी निवेश)

शुरुआती निवेश के बाद म्यूचुअल फंड में निवेश की जानेवाली संभवतः सबसे न्यूनतम राशि।

SUPPORT (SUPPORT LEVEL) समर्थन (समर्थन स्तर)

तकनीकी विश्लेषण में उपयोग होनेवाला शब्द। यह उस भाव स्तर को संदर्भित है, जिससे प्रतिभूति का नीचे गिरना कठिन हो।

SYMBOL (प्रतीक)

वे संक्षिप्त नाम, जो सार्वजनिक कारोबार करनेवाली कंपनियों को दिए जाते हैं, जिससे एक्सचेंज में प्रतिभूतियों को पहचानने में सहूलियत हो।

□

T

TAKEOVER (अधिग्रहण)

किसी एक कॉर्पोरेशन का दूसरी कंपनी पर नियंत्रण हासिल कर लेना। यह जबरन और मित्रवत् दोनों तरह से हो सकता है।

TARGET FUND (लक्षित निधि)

वह म्यूचुअल फंड, जिसके सभी बॉण्ड एक ही वर्ष में परिपक्व होने हों, जिससे उस वर्ष संपूर्ण फंड की आवधिक परिपक्वता हो जाएगी।

TAX ANTICIPATION NOTE (कर पूर्वानुमान पत्र)

म्यूनिसिपल नोट, जिसे भावी राजस्व के पूर्वानुमान द्वारा जारी किया जाता है।

TAX-EXEMPT BONDS (कर-छूट बॉण्ड्स)

सरकारी प्रतिभूतियाँ, जिनके ब्याज पर आय कर में छूट होती है।

TECHNICAL ANALYSIS (तकनीकी विश्लेषण)

मार्केट डाटा पर आधारित प्रतिभूतियों की विश्लेषण पद्धति, जैसे बाजार के भावी रुख की भविष्यवाणी करनेवाले प्राइस चार्ट और वॉल्यूम। माना जाता है कि निवेशक की मानसिकता का बाजार पर महत्त्वपूर्ण प्रभाव पड़ता है। इससे ऐसे पैटर्न उत्पन्न होते हैं, जिन्हें उपयोग कर यह अनुमान लगाया जा सकता

है कि प्रतिभूतियों के भाव बढ़ेंगे या घटेंगे। बुनियादी विश्लेषण के विपरीत, तकनीकी विश्लेषण में कंपनी के तात्त्विक मूल्य को समझना आवश्यक नहीं होता है।

TENDER OFFER (टेंडर प्रस्ताव)

यह एक कंपनी या व्यक्ति का दूसरी कंपनी के लिए नकद या स्टॉक के रूप में शेयर प्रस्ताव होता है।

TENURE (अवधि)

वर्तमान प्रबंधक द्वारा फंड अधिग्रहण के बाद की समयावधि।

TERM MATURITY (मियादी परिपक्वता)

किसी इश्यू के वे बॉण्ड, जो एक ही दिन परिपक्व होने हों।

TERM STRUCTURE OF INTEREST RATES (ब्याज दरों की मियादी संरचना)

वह ग्राफ, जो ट्रेजरी प्रतिभूतियों के निर्धारित परिपक्वता वर्षों में प्राप्ति से परिपक्वता (यील्ड टू मैच्यूरिटी) तक को दरशाता है।

TICKER (टिकर)

डिजिटल स्क्रॉलिंग डिस्प्ले, जिस पर ट्रेड हो रही प्रतिभूतियों के भाव और संख्या प्रदर्शित होते हैं।

TICK INDICATOR (टिक इंडिकेटर)

बाजार के रुख का सूचक, जो अंतिम सौदे के दौरान चढ़ने और गिरनेवाले स्टॉक्स की संख्या पर आधारित होता है।

TIME HORIZON (INVESTMENT HORIZON) समयावधि (निवेश समयावधि)

वह अपेक्षित समयावधि, जिसमें निवेशक अपने वित्तीय लक्ष्य को हासिल कर सकता है।

TIME VALUE (आवधिक मूल्य)

ऑप्शन के प्रीमियम का ऑप्शन कॉण्ट्रेक्ट समापन की तारीख तक की समयावधि का स्रोतजन्य भाग।

TOTAL ASSETS (कुल आस्तियाँ)

कुल मौजूदा आस्तियों तथा कुल दीर्घावधिक आस्तियों का योग।

TOTAL DEBT-TO-EQUITY RATIO (टोटल डेब्ट-टू-इक्विटी रेशियो)

पूँजीकरण अनुपात, जिसकी गणना के लिए मौजूदा देयताओं में दीर्घावधिक डेब्ट को जोड़कर शेयरधारक की इक्विटी से भाग दिया जाता है।

TOTAL LIABILITIES (कुल देयताएँ)

अकाउंटिंग शब्द, जो कुल वर्तमान देयताओं में दीर्घावधिक डेब्ट और अस्थगित करों के योग को संदर्भित है।

TOTAL RETURN (कुल रिटर्न)

भाव परिवर्तन (पूँजीगत लाभ) और बीते वर्ष में मिले स्टॉक के रिटर्न का योग।

TOTAL RETURN (MUTUAL FUNDS) कुल रिटर्न (म्यूचुअल फंड्स)

फंड का संयुक्त रिटर्न, जिसमें सभी तरह के शुल्क और खर्चों को ध्यान

में रखने के बाद वितरित व अवितरित आय तथा पूँजीगत लाभ शामिल रहते हैं।

TOTAL REVENUE (कुल राजस्व)

विनिर्दिष्ट अवधि का कुल विक्रय और अन्य राजस्व।

TRADE (ट्रेड)

वह सौदा, जिसमें एक पक्ष प्रतिभूति को दूसरे पक्ष से खरीदता है।

TRADE CONFIRMATION (ट्रेड पुष्टि)

सौदे से संबंधित जानकारी और सत्यापन। इसे ग्राहक को सौदे की तारीख के बाद वाले पहले कार्यदिवस पर या उससे पहले भेजा जाता है।

TRADE DATE (ट्रेड तारीख)

वह तारीख, जिसको सौदा हुआ है। अधिकांश स्टॉक एक्सचेंजों में सौदे की तारीख के बाद वाले तीन कार्यदिवस निपटान तारीख होते हैं।

TRADING RANGE (ट्रेडिंग रेंज)

किसी अवधि के दौरान उच्चतम और न्यूनतम भाव के बीच का वह अंतर, जिस पर प्रतिभूति का सौदा हुआ है।

TRAILING P/E RATIO (ट्रेलिंग पी/ई रेशियो)

स्टॉक के नवीनतम बंद भाव को अंतिम सूचित वार्षिक उपार्जन प्रति शेयर से भाग देने पर प्राप्त रेशियो।

TRANSFER (अंतरण)

वह प्रक्रिया, जिसके द्वारा प्रतिभूतियों को नए स्वामी के नाम पुनः दर्ज किया जाता है।

TRANSFER AGENT (अंतरण एजेंट)

वह एजेंट, जिसकी तैनाती कॉर्पोरेशन या म्यूचुअल फंड्स ने शेयर स्वामित्व और लेन-देन का रिकॉर्ड सँभालने के लिए की हो।

TREASURY DIRECT (ट्रेजरी डायरेक्ट)

वह कार्यक्रम, जो निवेशक को ट्रेजरी बिल, नोट्स और बॉण्ड्स के नए इश्यू को सीधे फेडरल रिजर्व से खरीदने की अनुमति देता है।

TREASURY NOTES (T-NOTES) ट्रेजरी नोट्स (टी-नोट्स)

सरकार द्वारा जारी डेब्ट प्रतिभूतियाँ, जो अर्धवार्षिक ब्याज भुगतान करती हैं और दो से दस वर्षों में परिपक्व हो जाती हैं।

TRUST INDENTURE (न्यास करारनामा)

कॉर्पोरेशन और उसके डेब्ट धारकों के बीच का लिखित समझौता, जिसमें ब्याज दर, परिपक्वता तारीख, संपार्श्विक (कॉलेट्रल) आदि उल्लिखित होते हैं।

TURNOVER RATIO (टर्नओवर रेशियो)

फंड का पोर्टफोलियो कितनी बार ट्रेड या एक्सप्रेस हुआ है, इसका प्रतिशत पैमाना। उदाहरण के लिए, एक फंड, जिसका टर्नओवर 50 प्रतिशत हो, वह साधारणत: प्रतिवर्ष आधे पोर्टफोलियो को परिवर्तित कर देता है।

TYPE (प्रकार)

ऑप्शन कॉण्ट्रेक्ट का पुट या कॉल में से कोई एक वर्गीकरण।

□

U

UNCOVERED CALL (अरक्षित कॉल)

शॉर्ट कॉल ऑप्शन पोजीशन, जिसमें कॉल राइटर के पास ऑप्शन कॉण्ट्रेक्ट की आधारभूत प्रतिभूतियों का शेयर स्वामित्व नहीं होता।

UNCOVERED PUT (अरक्षित पुट)

शॉर्ट पुट ऑप्शन पोजीशन, जिसमें पुट राइटर के पास शॉर्ट पोजीशन या आधारभूत प्रतिभूतियों का ऑप्शन कॉण्ट्रेक्ट नहीं होता।

UNDERLYING (आधारभूत)

वे प्रतिभूतियाँ, जिन पर ऑप्शन खरीदे व बेचे जाते हैं।

UNDERWRITER (INVESTMENT BANKER) हामीदार (निवेश बैंकर)

प्रस्तावित करनेवाले संस्थान और निवेश करनेवाली जनता के बीच का मध्यस्थ, जो नए इश्यू बाजार में उतारता है और अपनी सेवा के बदले जारीकर्ता से भुगतान लेता है।

UNDERWRITING (हामीदारी अंकन)

वह प्रक्रिया, जिसके द्वारा निवेश बैंकर बाजार में नए इश्यू उतारते हैं।

UNDERWRITING MANAGER (हामीदारी प्रबंधक)

हामीदारी समूह की वह प्रमुख फर्म, जिस पर नए इश्यू जारी करने की जिम्मेदारी होती है।

UNIT (यूनिट)

प्रतिभूतियों का पैकेज, जैसे बॉण्ड और वारंट, जो बाद की तारीख में अलग हो सके।

UNLISTED SECURITY (असूचीबद्ध प्रतिभूति)

वह प्रतिभूति, जो एक्सचेंज में सूचीबद्ध होने की आवश्यकताओं पर खरी नहीं उतरती।

UNWIND (अनविंड)

उन्नत ऑप्शन ऑर्डर, जिसे मौजूदा खरीद/राइट या विक्रय/राइट पोजीशन को बंद करने में साभिप्राय उपयोग किया जाता है।

UPTICK (अपटिक)

वह सूचीबद्ध इक्विटी, जो अपने अंतिम सौदे से अधिक भाव पर ट्रेड हो।

□

V

VOLATILITY (उतार-चढ़ाव)

विशिष्ट समयावधि के दौरान प्रतिभूति की भाव गतिविधि का सापेक्ष पैमाना, जिसकी गणितीय गणना के लिए दैनिक भाव परिवर्तन के मानक विचलन का उपयोग किया जाता है।

VOLUME (मात्रा)

एक स्टॉक की विशिष्ट समयावधि के दौरान ट्रेड हुई कुल शेयर संख्या। इसकी मात्रा बढ़ने के पीछे आमतौर पर कंपनी से संबंधित नई घोषणाएँ होती हैं।

VOTING TRUST (मताधिकारी न्यास)

किसी न्यासी के पास निश्चित समयावधि के लिए मताधिकार अधिकारों सहित शेयरों को जमा करना।

□

W

WARRANT (वारंट)

एक प्रतिभूति, जो निश्चित भाव पर निश्चित संख्या में साधारण स्टॉक खरीदने की दावेदार हो। अधिकांश वारंट किसी खास तारीख को समाप्त हो जाते हैं, लेकिन कुछ कभी समाप्त नहीं होते।

WEIGHTED-AVERAGE MATURITY (भारित औसत परिपक्वता)

किसी म्यूचुअल फंड में मौजूद प्रतिभूतियों की परिपक्वता का अंकगणितीय माध्यम।

WHITE KNIGHT (व्हाइट नाइट)

एक कंपनी का किसी दूसरी को मित्रवत् बोली लगाकर अधिग्रहण द्वारा वित्तीय समस्या से मुक्ति दिलाना।

WITHDRAWAL PLAN (आहरण योजना)

किसी म्यूचुअल फंड होल्डिंग की मोचन संबंधी योजना, जिसका पत्र (मेल) सीधे निवेशक को भेजा जाए।

WORKOUT QUOTE (भाव निर्धारण)

वह भाव, जिस पर ट्रेडर को विश्वास हो कि यदि बाजार खोजने में समय

दिया जाए तो प्रतिभूति को खरीदा या बेचा जा सकता है।

WORST 3-MONTH RETURN (3-महीने का सबसे खराब रिटर्न)

फंड का पिछले पाँच वर्षों की चल अवधि के दौरान सबसे खराब तिमाही रिटर्न।

WRITER (राइटर)

ऑप्शन कॉण्ट्रेक्ट का विक्रेता।

W-TYPE BOTTOM (डब्ल्यू-टाइप बॉटम)

भाव या सूचक चार्ट के लगातार दो गिरावट आकार, जो देखने में अंग्रेजी वर्णाक्षर W जैसे लगते हैं।

□

Y

YELLOW SHEETS (येलो शीट्स)

कॉर्पोरेट बॉण्ड्स की थोक भाव पत्रिका, जिसे विक्रेता उपयोग करते हैं।

YIELD (BOND) यील्ड (बॉण्ड)

बॉण्ड निवेश पर अर्जित ब्याज। यदि प्रतिभूति को प्राइमरी मार्केट से खरीदा जाए तो यील्ड (प्राप्ति) ब्याज दर के बराबर होती है। यदि बॉण्ड को सेकंडरी मार्केट से लिया जाए तो यील्ड उच्च या निम्न कुछ भी हो सकती है, जो इस पर निर्भर है कि बॉण्ड को प्रीमियम या डिस्काउंट किस फेस वैल्यू पर खरीदा गया है।

YIELD (STOCK) (यील्ड (स्टॉक))

किसी स्टॉक पर लाभांश के रूप में भुगतान की गई वार्षिक रिटर्न दर। इसकी गणना के लिए मौजूदा लाभांश दर को मौजूदा बंद भाव से भाग किया जाता है। यह प्रतिशत में अभिव्यक्त होती है।

YIELD CURVE (यील्ड कर्व)

यह विभिन्न बॉण्ड परिपक्वताओं को दरशानेवाला ग्राफ होता है।

YIELD ELBOW (यील्ड एल्बो)

यील्ड कर्व का एक बिंदु, जो उस वर्ष की सूचना देता है, जब अर्थव्यवस्था में ब्याज दर उच्चतम थी।

YIELD TO CALL (यील्ड टू कॉल)

कॉलेबल बॉण्ड या नोट की प्रतिशत दर। व्यक्ति इसके बाद उपलब्ध अगली कॉल डेट आने तक अपनी प्रतिभूति को बाय या होल्ड पर रख सकता है।

YIELD TO MATURITY (यील्ड टू मैच्यूरिटी)

डेब्ट प्रतिभूति धारक द्वारा परिपक्वता पर मिली प्राप्ति, जिसमें मूल धनराशि में नफे या नुकसान का ध्यान रखा जाता है।

□

Z

ZERO-COUPON BONDS (जीरो कूपन बॉण्ड्स)

वे बॉण्ड्स, जो आवधिक ब्याज भुगतान नहीं करते। इसकी जगह इन बॉण्ड्स को छूट पर खरीदकर परिपक्वता तक रखा जाता है और संपूर्ण चक्रवृद्धि ब्याज का भुगतान होने पर बॉण्डधारक को बॉण्ड की फेस वैल्यू मिल जाती है।

ZERO-COUPON CD (जीरो कूपन सी.डी.)

डिपॉजिट सर्टिफिकेट, जिसमें केवल परिपक्वता पर ही ब्याज भुगतान होता है।

ZERO-MINUS TICK (जीरो-माइनस टिक)

उस भाव पर हुआ स्टॉक सौदा, जो पूर्ववर्ती सौदे के बराबर हो, लेकिन बीते भिन्न भाव से कम हो।

ZERO-PLUS TICK (जीरो-प्लस टिक)

उस भाव पर हुआ स्टॉक सौदा, जो पूर्ववर्ती सौदे के बराबर हो, लेकिन बीते भिन्न भाव से अधिक हो।

□

(Acronyms & Abbreviations)
प्रथमाक्षर एवं संकेताक्षर

सामान्य वित्त संकेताक्षर एवं प्रथमाक्षर

AIR — Assumed Interest Rate (एज्यूम्ड इंटरेस्ट रेट)

APR — Annual Percentage Rate (एनुअल परसेंटेज रेट)

ARM — Adjustable Rate Mortgage (अडजस्टेबल रेट मॉर्टगेज)

CD — Certificate of Deposit (सर्टिफिकेट ऑफ डिपॉजिट)

EFT — Electronic Funds Transfer (इलेक्ट्रॉनिक फंड्स ट्रांसफर)

ETF — Exchange Traded Funds (एक्सचेंज ट्रेडिड फंड्स)

FDIC — Federal Deposit Insurance Corporation (फेडरल डिपॉजिट इंश्योरेंस कॉर्पोरेशन)

FOREX — Foreign Exchange (फॉरेन एक्सचेंज)

FRB — Federal Reserve Board (फेडरल रिजर्व बोर्ड)

GNP — Gross National Product (ग्रॉस नेशनल प्रोडक्ट)

IRA — Individual Retirement Account (इंडिविजुअल रिटायरमेंट अकाउंट)

LOI — Letter Of Intent (लेटर ऑफ इंटेंट)

MMKT — Money Market (मनी मार्केट)

NAV – Net Asset Value (नेट असेट वैल्यू)

PSP – Profit Sharing Plan (प्रॉफिट शेयरिंग प्लान)

REIT – Real Estate Investment Trust (रियल एस्टेट इन्वेस्टमेंट ट्रस्ट)

SEC – Securities Exchange Commission (सिक्यूरिटीज एक्सचेंज कमीशन)

TSA – Tax-Sheltered Annuity (टैक्स-शेल्टर्ड एन्युटी)

YTM – Yield To Maturity (यील्ड टू मैच्यूरिटी)

BANKING AND FINANCE (बैंकिंग एवं वित्त)

CAGR – Compound Annual Growth Rate (कंपाउंड एनुअल ग्रोथ रेट)

CAPEX – Capital Expenditures (कैपिटल एक्सपेंडिचर्स)

COB – Close of Business (क्लोज ऑफ बिजनेस)

EPS – Earnings Per Share (अर्निंग्स पर शेयर)

LLC – Limited Liability Company (लिमिटेड लाइबिलिटी कंपनी)

MTD – Month-To-Date (मंथ-टू-डेट)

NAV – Net Asset Value (नेट एसेट वैल्यू)

NCND – Non-Circumvent and Non-Disclosure (नॉन-सरकमवेंट एंड नॉन-डिस्क्लोजर)

NDA – Non-Disclosure Agreement (नॉन-डिस्क्लोजर एग्रीमेंट)

P&L – Profit and Loss (प्रॉफिट एंड लॉस)

P/E – Price-to-Earnings ratio (प्राइस-टू-अर्निंग्स रेशियो)

QTD – Quarter-To-Date (क्वार्टर-टू-डेट)

ROA – Return On Assets (रिटर्न ऑन असेट्स)

ROCE — Return On Capital Employed (रिटर्न ऑन कैपिटल एंपलॉयड)

ROE — Return On Equity (रिटर्न ऑन इक्विटी)

ROI — Return On Investment (रिटर्न ऑन इन्वेस्टमेंट)

ROIC — Return On Invested Capital (रिटर्न ऑन इन्वेस्टिड कैपिटल)

RONA — Return On Net Assets (रिटर्न ऑन नेट एसेट्स)

ROS — Return On Sales (रिटर्न ऑन सेल्स)

SIV — Structured Investment Vehicle (स्ट्रक्चर्ड इन्वेस्टमेंट व्हीकल)

TSR — Total Shareholder Return (टोटल शेयरहोल्डर रिटर्न)

WC — Working Capital (वर्किंग कैपिटल)

YTD — Year-To-Date (ईयर-टू-डेट)

JOBS ARE IN BUSINESS AND FINANCE

CAO — Chief Accounting Officer (चीफ अकाउंटिंग ऑफिसर)

CFA — Chartered Financial Analyst (चार्टर्ड फाइनेंशियल एनेलिस्ट)

CFM — Certified Financial Manager (सर्टिफाइड फाइनेंशियल मैनेजर)

CFO — Chief Financial Officer (चीफ फाइनेंशियल ऑफिसर)

CIA — Certified Internal Auditor (सर्टिफाइड इंटरनल ऑडिटर)

CISA — Certified Information Systems Auditor

(सर्टिफाइड इन्फॉर्मेशन सिस्टम्स ऑडिटर)

CMA – Certified Management Accountant (सर्टिफाइड मैनेजमेंट अकाउंटेंट)

CMO – Chief Marketing Officer (चीफ मार्केटिंग ऑफिसर)

COO – Chief Operating Officer (चीफ ऑपरेटिंग ऑफिसर)

CPA – Certified Public Accountant (सर्टिफाइड पब्लिक अकाउंटेंट)

CPP – Certified Payroll Professional (सर्टिफाइड पेरोल प्रोफेशनल)

CSO – Chief Security Officer (चीफ सिक्यूरिटी ऑफिसर)

CTO – Chief Technology Officer (चीफ टेक्नोलॉजी ऑफिसर)

STOCK MARKET ABBREVIATIONS
(स्टॉक मार्केट संकेताक्षर)

ADX – Abu Dhabi Securities Exchange (आबू धाबी सिक्यूरिटीज एक्सचेंज)

ADR – Annual Dividend Ratio (एनुअल डिविडेंड रेशियो)

ADTV – Average Daily Trading Volume (एवरेज डेली ट्रेडिंग वॉल्यूम)

AEX – Amsterdam Stock Exchange (एम्सर्डम स्टॉक एक्सचेंज)

AMEX – American Stock Exchange (अमेरिकन स्टॉक एक्सचेंज)

APT – Arbitrage Pricing Theory (आर्बिट्रेज प्राइसिंग थ्योरी)

ASX – Australian Securities Exchange (ऑस्ट्रेलियाई

		सिक्यूरिटीज एक्सचेंज)
BBV	–	Bolivian Stock Exchange (बोलीवियन स्टॉक एक्सचेंज)
BEAM	–	Bonds, Equity and Money (बॉण्ड्स, इक्विटी एंड मनी)
BGSE	–	Bangalore Stock Exchange (बैंगलोर स्टॉक एक्सचेंज)
BSE	–	Bombay Stock Exchange (बॉम्बे स्टॉक एक्सचेंज)
CAPM	–	Capital Asset Pricing Model (कैपिटल असेट प्राइसिंग मॉडल)
CB	–	Current Bid (करंट बिड)
CGT	–	Capital Gains Tax (कैपिटल गेंस टैक्स)
CMP	–	Current Market Price (करंट मार्केट प्राइस)
DJIA	–	Dow Jones Industrial Average (डाऊ जोंस इंडस्ट्रियल एवरेज)
DP	–	Depository Participant (डिपॉजिटरी पार्टिसिपेंट)
DPS	–	Dividends Per Share (डिविडेंड्स पर शेयर)
DY	–	Dividend Yield (डिविडेंड यील्ड)
EMH	–	Efficient Market Hypothesis (एफिशिएंट मार्केट हाइपोथिसिस)
EPS	–	Earnings Per Share (अर्निंग्स पर शेयर)
F & O	–	Future and Options (फ्यूचर एंड ऑप्शंस)
FACTS	–	Fully Automated Computer Trading System (फुली ऑटोमेटेड कंप्यूटर ट्रेडिंग सिस्टम)
FDI	–	Foreign Direct Investment (फॉरेन डायरेक्ट इन्वेस्टमेंट)
FII	–	Foreign Institutional Investor (फॉरेन इंस्टीट्यूशनल इन्वेस्टर)

FOF — Fund Of Funds (फंड ऑफ फंड्स)

SEHK — Stock Exchange of Hong Kong Limited (स्टॉक एक्सचेंज ऑफ हांगकांग लिमिटेड)

IPO — Initial Public Offering (इनीशियल पब्लिक ऑफरिंग)

IR — Investor Relations (इन्वेस्टर रिलेशंस)

IRA — Individual Retirement Account (इंडिविजुअल रिटायरमेंट अकाउंट)

IRR — Internal Rate of Return (इंटरनल रेट ऑफ रिटर्न)

JSE — Johannesburg Stock Exchange (जोहांसबर्ग स्टॉक एक्सचेंज)

KASE — Kazakhstan Stock Exchange (कजाखस्तान स्टॉक एक्सचेंज)

KSE — Kyrgyz Stock Exchange (किर्गिज स्टॉक एक्सचेंज)

LSE — London Stock Exchange (लंदन स्टॉक एक्सचेंज)

MCAP — Market Cap (Capitalization) मार्केट कैप (कैपिटलाइजेशन)

MF — Mutual Fund (म्यूचुअल फंड)

NASDAQ — National Association of Securities Dealers Automated Quotation (नेशनल एसोसिएशन ऑफ सिक्यूरिटीज डीलर्स ऑटोमेटेड कोटेशन)

NSE — Nairobi Stock Exchange (नैरोबी स्टॉक एक्सचेंज)

NSE — Nigerian Stock Exchange (नाइजीरियन स्टॉक एक्सचेंज)

NSE — National Stock Exchange (नेशनल स्टॉक एक्सचेंज)

NYSE — New York Stock Exchange (न्यूयॉर्क स्टॉक एक्सचेंज)

NZX — New Zealand Exchange (न्यूजीलैंड एक्सचेंज)

ODIN — Open Dealer Integrated (Trading) Network

ओपन डीलर इंटीग्रेटिड (ट्रेडिंग) नेटवर्क

OTCEI — Over the Counter Exchange of India (ओवर द काउंटर एक्सचेंज ऑफ इंडिया)

PFD — Preferred Stock (प्रिफ़र्ड स्टॉक)

PPF — Public Provident Fund (पब्लिक प्रोविडेंट फंड)

QTE — Quote (क्योट)

ROA — Return on Assets (रिटर्न ऑन एसेट्स)

ROI — Return on Investment (रिटर्न ऑन इन्वेस्टमेंट)

ROMI — Return on Market Investment (रिटर्न ऑन मार्केट इन्वेस्टमेंट)

ROP — Return of Premium (रिटर्न ऑफ प्रीमियम)

RSP — Retirement Savings Plan (रिटायरमेंट सेविंग्स प्लान)

SENSEX — Bombay Stock Exchange Sensitive Index (बॉम्बे स्टॉक एक्सचेंज सेंसिटिव इंडेक्स)

SIP — Systematic Investment Plan (सिस्टेमैटिक इन्वेस्टमेंट प्लान)

SSE — Shanghai Stock Exchange (शंघाई स्टॉक एक्सचेंज)

SZSE — Shenzhen Stock Exchange (शेनझेन स्टॉक एक्सचेंज)

T+1 — Trade Date Plus One Day (ट्रेड डेट प्लस वन डे)

T+3 — Trade Date Plus Three days (ट्रेड डेट प्लस थ्री डेज)

TWSE — Taiwan Stock Exchange (ताइवान स्टॉक एक्सचेंज)

VAR — Value at Risk (वैल्यू एट रिस्क)

WMA — Weekly Moving Average (वीकली मूविंग एवरेज)

XD — Ex-dividend (एक्स-डिविडेंड)

XRT — Ex-rights (एक्स-राइट्स)

□□□